-想念＊觸碰不到的愛-

星神魔女

- Counting on Love 03 -

羅剎
為「白金魔神」所製造，用來保護君兒與新界的完美陣術。
擁有男女切換的能力。
最喜歡變成正太吃女性豆腐……
「希望君兒能得到幸福，也不枉我困在『滄瀾學院』，
總有批不完的公文！！！」
牧辰星
魔女轉生體。
身為魔女的她必須面臨抉擇與考驗的命運。
個性溫柔、懦弱。所以嚮往個性堅強、總是充滿自信的人。
「希望我能夠變成一個堅強的人，不再被本能操控。」

牧非煙

終焉魔女——力量凝聚體。
因為自身的力量強大，
所以對這世上所有一切抱持著藐視感。
只重視自己認定的人。
「只要能達成目的，
我可以為此做出一些違反道德理念的事情！」

巫賢

別稱：白金魔神。
舊西元時期創造符紋的瘋狂科學家。
上古巫族的最後一代傳人。
標準的妻奴兼女兒控。
「我的夢想就是——有一天能親手把女兒的丈夫給殺了！」

目錄
INDEX

這世間最苦的不是痛，
而是那心靈與欲望的鞭笞。
但唯獨只有撐過這番折磨的人，
才能打磨出靈魂的璀璨光輝。

Chapter 45

如果妳不害怕

在一間通體雪白的醫療室內部病房裡頭，兩位少女正在接受治療。她們兩人因為先前試圖逃跑，而被慕容吟使用暗器毒針下了毒。

其中一位黑髮少女昏迷前的垂死掙扎，使得自己受了不少內傷，醫療人員正在仔細治療她的傷勢，就怕會留下後遺症；另一位紫髮少女傷勢倒是還好，只是因為脫力與毒素作用而陷入昏迷，不過在高科技的治療溶液救治之下，她身上的小傷幾乎已經復原。

然而，卻是傷勢較重的君兒率先一步幽幽轉醒。耳旁傳來兩個男人冷靜的細碎低語，讓君兒決定繼續佯裝昏迷，試圖辨明現在的情況與身在何處。

「……真是的，雖然家主早有預料婚禮上會有人搗亂，卻沒想到竟然有那麼多高階強者混在其中。好在少爺沒事，也把新娘帶回來了。」

「是啊，還順便在兩位無辜的女孩子身上種下『醉生夢死』那下作的『春毒』呢。」另一個男人冷笑了聲，語氣中似乎透露著不齒。

「哎，別說了，畢竟這是家族的秘密，不是我們這些低層醫療人員該碎嘴的事情……不說了，少爺指示要在這兩位女孩身上戴上隔絕星力以制止她們使用天賦能力與自我療傷的限制器，我們就別耽擱工作了。」另一位醫療人員感慨的說著。

不久後，君兒便感覺到右手腕被銬上了一只冰涼的手環。

「喀」的一聲後，君兒忽然感覺到自己竟然感應不到體內的星力了！

透過醫療人員的對話，君兒馬上就知道這一定是他們語中所說的限制器了。

不過很顯然的，慕容吟似乎誤以為她先前用來阻礙他的技巧是較少見的水控制天賦，卻沒想到那是她透過符文技巧而施展出的力量。

她參考蘭的天賦能力，刻意將符文技巧裝作類似水控制天賦一類的能力，為的就是徹底隱藏自己真正的秘密。畢竟能在原界覺醒精神力的人幾乎不存在，卻不能保證沒有強者能夠反制精神力，她必須小心點才行。

君兒繼續假裝昏迷，直到醫療人員紛紛離開，她這才敢嘗試使用精神力偷偷感應一下四周。確認了這間房間裡有幾個隱藏的監視儀器後，她小心翼翼的操控精神力，將監視儀器的螢幕置換掉，這才鬆了口氣，睜開了眼。

冰冷色調的房間裡，兩張單人床並排在一塊。各式各樣的醫療器材，無處不在的監控儀器，不難看出這是特別設計用來監禁的隔離病房。

君兒馬上便明白若是她們想要逃脫，恐怕又得費上一番功夫了。

想起先前差一步就能逃走，最後卻被慕容吟壞了計畫，還意外中了毒，君兒因而氣惱不已，不自覺的緊咬下唇，緊握的雙拳顫抖不已。

她想哭、她氣憤，但這些都沒辦法改變現況。

君兒告訴自己要先冷靜下來。透過不停的深呼吸，她終於平靜了心情。

隨後她略微感覺一下自己的身體狀況，雖然還是能感覺到先前肩頭被踩踏留下的隱隱疼痛感，但能夠醒來就表示她的情況已經好多了。

剛剛的治療只是將傷勢稍稍復原，卻沒有完全治好，顯然是怕她們若是狀況良好又會心生逃跑之意。只是，除了體內沒有完全治好的傷勢以外，君兒更能感覺到自己的腰腹間多了一種異樣的冰冷感。

方才她聽到醫護人員說了，當時慕容吟所用的毒針上的毒素似乎被稱作「醉生夢死」。這毒物的名字她是沒聽過，卻好歹也聽過春毒這玩意兒究竟是什麼東西。那是一種將春藥與毒素混合在一起所製作出來的特殊毒物，也是一種罕見的禁藥。據說經常有一些貴族世家或地下組織，會透過黑市管道取得春毒，藉此用來控制男性或女性的一種下作毒物。

一想到在自己體內駐留的毒物就是那惡名昭彰的春毒，君兒不由得感到寒毛直豎，深恐它隨時都有可能發作。

聽說這種春毒比單純的春藥發作時還更加猛烈，也難怪慕容吟當初信誓旦旦的說她絕對逃不掉。而此種混合毒物更是棘手難解。

「不行，我不能失去理智，我得冷靜下來……」

君兒強壓下心中的忐忑不安，黑眸裡滿是怒氣。

事情的發展完全出乎預料，更別提她和紫羽兩人竟中了春毒。那天帶著紫羽逃跑的時候，如果她有多留意是否有人跟蹤就好了。因為自己的一時疏忽而造成了這樣的憾事，實在讓君兒難辭其咎。

那幾乎就要實現夢想卻又跌落地獄深淵的極端反差，讓她幾乎忍不住眼淚，就想這樣懦弱的哭泣。

氣惱的搥了自己大腿幾拳宣洩情緒，君兒抹去了眼角的淚，拍了拍臉自我鼓勵一番，負面情緒這才退去，回復一如往昔的堅強。

她開始環視四周，就像昔日被抓進皇甫世家時一樣，開始尋找任何可能可以逃出的關鍵。

很快的，君兒眉心緊蹙，面露失望。

這間監禁用的病房防備齊全，使用的是類似皇甫世家大小姐寢室的磁卡鎖系統。唯一的差別，在於這間病房並沒有使用符文保護。不過看樣子，除非紫羽醒來利用她的駭客技巧破解磁卡鎖，否則她們根本無法離開這雪白色的牢房。

「可惡，一定有辦法的……」君兒呢喃著。

隨著戰艦啟航，引擎的嗡鳴聲低低的傳來，君兒察覺到自己和紫羽正身處一艘戰艦上，這樣的認知讓她不禁心頭一震。

根據先前醫療人員的對話，她知道她們現在應該是被帶到慕容世家的某個地方，卻沒想到竟然搭上了戰艦！

不過，慕容世家應該不知道她利用控制天賦隱藏了實力等級，必定會誤解她和紫羽的實力沒有通過新界時空隧道的能耐。這樣慕容世家想必不會帶她們前往新界，那麼慕容世家打算前往何方呢？

君兒猜想著，卻得不出個結論。

「不行，現在不是想這些的時候。得盡可能的掌握情況，然後在紫羽醒來時想辦法逃出去才行……首先就從這個限制星力的手環下手吧。」

君兒眼裡是仍未放棄希望的堅定。她很快就將注意力轉移到腕間的手環上，這手環有些神似過去她被關在監禁室時戴上的電擊手銬。但如今她已掌握了精神力與簡單的符文技巧，對於這樣的限制手環，君兒實在沒有將它放在眼裡。

她相信，只要給她時間，她就一定可以像以前破壞皇甫世家的定位監控符文耳環那樣，將限制手環破解掉！

＊＊＊

就在君兒沒能察覺到的病房一角，戰天穹隱身於該處的空間縫隙之中。他一直隱藏在空間裡，跟隨著被捕的君兒登上了慕容戰艦，暗中保護著君兒。

然而他卻在先前聽聞了那兩名醫護人員講述君兒和紫羽所中的毒素為何以後，冷靜的臉色染上了怒氣。

該死……竟然是春毒！

戰天穹氣惱的握緊了拳，對君兒的情況感到心疼不已。他原先以為慕容吟所用的只是單純的毒物，他沒有老友卡爾斯對毒物有那樣敏銳的直覺與了解，卻沒想到君兒中的毒物竟然是惡名昭彰的春毒！

這樣的失誤，讓他氣惱不已。

他自然清楚春毒代表了什麼，更不敢想像君兒發作時的情況。

最後，戰天穹疲倦的嘆息了聲。

他暫時還是沒有勇氣突破心理的障礙，接納君兒。況且君兒雖然中了春毒，但並不會那麼快就發作，所以他決定繼續觀望，就跟原先規劃的那樣，只在君兒面臨生死危機的時候，暗中出手協助她逆轉局勢，並不打算讓君兒知道自己還守護在她身邊。

＊＊＊

就在君兒研究要如何破解限制手環的時候，紫羽呻吟了聲，這才甦醒過來。

當紫羽睜眼卻看見通體雪白的冰冷房間時，原先恍惚的神情霎時染上驚惶。她緊張的四處張望，直到注意到另一張病床上的君兒後，臉上驚恐的神情才稍微緩和了些，卻轉為擔憂。

「君兒，妳還好嗎？」紫羽看著君兒盯著腕間手環蹙眉思索的模樣，忍不住怯生生的低聲輕喚。她的記憶還停留在毒物讓她昏迷前，君兒被慕容吟踐踏於積水中的畫面。

「嗯，雖然身體還有些不舒服，不會大致上沒有什麼問題。現在我們應該是被抓到慕容世家的戰艦上了。等我一下，我正在想辦法破解星力限制手環，這樣比較方便我們之後的行動。」

全神專注在破解手環上的君兒沒時間搭理紫羽，只是簡短的解釋了她們目前的情況。可這樣的簡潔答覆，再加上君兒完全沒有看向紫羽，卻讓一向膽怯的紫羽誤以為君兒是因為自己的懦弱無能，讓兩人因此錯過了逃跑的大好機會而正在用這種方式表達不滿。

紫羽因為自己的胡思亂想而難過得眼眶泛淚，她對著君兒語氣哽咽的說：「對不起君兒，如果當時不是因為妳還要帶著我逃跑的話，現在妳應該已經搭乘我們藏好的飛艇逃走了吧？都是我太沒用了，如果我和緋凰她們一樣強就好了，才不會連跟妳一起抵抗慕容吟的機會都沒有……對不起，嗚……」

紫羽開始抽噎哭泣。

結果到頭來她什麼都沒能幫上忙，還拖累了君兒，這要她怎能不自責？過去她雖然很努力的修煉，直到等級能夠穿越新界時空隧道，卻沒有用心在格鬥技巧上，一向喜歡數據的她認為那些都是多餘的。

沒想到這一次卻因為自己的輕忽，破壞了原本的逃跑計畫。

「對不起，我真的好沒用……」

紫羽哭得梨花帶淚，看得讓人好生心疼。只是現在可不是哭泣就能夠解決問題的。

君兒輕嘆了聲，神情堅強卻也冷靜。她知道紫羽已經盡力了，不會怪她。畢竟紫羽也在其他方面給了很多幫助，若是她只看到一個人天生不擅長的地方，因而忽略了對方所擅長的才能及付出的協助，這樣就太說不過去了。

「沒事，紫羽已經盡力了不是嗎？我不會怪妳的，只是紫羽妳聽我說。」君兒離開了自己的病床，拖著還有些難受的身體來到紫羽身邊，她語氣慎重的開口，眼神有著嚴肅。

「妳要做好心理準備。慕容吟先前使用的毒針，上頭抹的是一種名叫『醉生夢死』的春毒……我想妳應該從緋凰那聽過春毒這個詞代表的意義吧？」

紫羽在聽見春毒一詞之後，原本蒼白的小臉更加蒼白了，她臉上浮現絕望，顫抖著身子，緊緊的環抱住自己，愣是說不出一句話來。

春毒，那可是會讓純潔的少女變成淫亂的蕩婦，可怕的春藥毒物！

雖然毒藥的品種何其多，但有春毒之稱的，無一不是讓人為之恐懼與痛惡的藥物。

「我想，慕容吟是想透過這種毒物來控制我們。」君兒輕嘆，說出了自己的猜想。

「就因為我們是皇甫世家的大小姐嗎？」紫羽神情空白的呢喃道。

她雙手撫上自己的腹部，那裡在她誕生時就浮現了代表著皇甫世家天賦的記號。這已經不是紫羽第一次，對自己擁有的天賦能力感到憎惡了。

「就因為我們擁有特殊的能力，所以就必須被人這樣買賣搶奪嗎？」

眼看紫羽就要被負面情緒拉入絕望深淵，君兒卻是平靜，她輕輕為紫羽理好有些凌亂的髮絲，眼神堅定的開口說出自己的想法：「與其在那消沉，不如想辦法離開這裡吧！至少我們還活著，活著就有希望不是嗎？」

「可是我們中毒了啊！沒有解藥我們也逃不到哪裡去！」

紫羽對自己所中的春毒感到萬般不安，也因為長久以來的懦弱，讓她幾乎放棄了逃跑的意圖，希冀乖巧能換得春毒的解藥。

君兒卻與紫羽這樣的消極相反，她站起身，嚴厲的看著紫羽。

「就因為中了毒，所以妳寧願放棄我們一直以來追求的夢想嗎？！難道妳要留在這裡被人蹧蹋，任人限制妳的自由與選擇，就像皇甫世家那樣對待我們一樣？！」

君兒厲聲警告紫羽，就是不想讓她放棄希望。

雖然失敗了，但她們也還是離開了皇甫世家。雖然轉而落入慕容世家的手裡，但若因此放棄，那也太對不起曾經那麼努力過的自己了！

「妳如果想要放棄，就想想當初妳為什麼能夠堅持的走到這裡！」君兒堅定的說著。

君兒那始終沒有放棄希望、永遠懷抱夢想的堅毅神情讓紫羽心靈震撼不已。她不像君兒這麼堅強，她只有在一堆數據裡頭才能找到自信。

以往是君兒堅強的神情感染了她，讓她也想要像君兒一樣，永遠懷抱希望，堅定的一步步實現夢想。只是這一次的逃跑失敗重創了紫羽的自信心，將她好不容易豎立起的信念再次擊潰——她還是太懦弱了，堅強是不可能在短時間造就出來的。

「可是，我好怕……我真的好怕……」紫羽默默垂淚，臉上滿是愧疚自責，「我不像君兒這麼堅強，我怕我會拖累妳，我好怕自己又會把事情搞砸……」

君兒深吸口氣，壓下對紫羽的懦弱而燃起的火氣。在這個緊要關頭，一旦放棄，那將是永遠的絕望，她不能放任紫羽再這樣下去！

她快步走向紫羽，在紫羽還沒能反應過來的時候，揚手就是狠心的一巴掌，沒有留情。

「啪」的一聲脆響，這火辣辣的巴掌讓紫羽傻了眼。她捧著臉頰看著君兒，滿臉不解。

見紫羽因為自己的一巴掌而暫時忘了恐懼，君兒語氣平靜循循善誘的問著：「想想看，如果妳不害怕，妳會怎麼做？」

君兒從來不會對自己留情，想要自由、想要掌握自己的未來，如果拋不下懦弱和膽怯，那就什麼也辦不到！

其實這世界最恐怖的不是事件本身，而是人們腦中自己幻想出來的恐懼與阻礙！那些才是真正讓人舉足不前的主因！

「如果妳不害怕，妳會怎麼做？」

君兒再次重複這句話。她忍不住想起小時候，自己曾經很害怕暴雨時的雷聲，那可怕的雷響往往讓她驚惶的躲在爺爺懷裡大驚失色，哭紅眼睛。

那時候，爺爺只是慈祥的問了她這麼一句話。

小時候的她想了想，便回答道：「我會跑到雨裡面罵說打雷很吵！」於是她真的那麼做了，也才終於明白打雷並不可怕，可怕的是自己對「打雷」這件事的幻想。

從那以後，她明白了恐懼只是自己製造出來的幻象而已！

一時間，紫羽因為君兒突來的舉動有些呆傻。但在聽見君兒的問話以後，混亂的思緒散去，當她同樣詢問自己「如果我不害怕」這句話的時候，心裡原先的惶恐和不安也漸漸消失了。

她該怎麼做呢？內心給出了答案。

最後，紫羽從來沒有像今天一樣，充滿了一種無所畏懼的勇氣，這感受讓她輕輕顫抖，因為這是一種難以言述的激動。

「如果我不害怕……我想要和君兒一樣，冷靜的思考有什麼方法可以逃出去。我會試著尋找這間房間裡有沒有精簡的隱藏系統面板讓我可以操作光腦，然後還可以嘗試控制光腦系統的運作——如果我不害怕的話，我想要像君兒一樣，為了能夠掌握自己的命運而繼續努力下去！」

紫羽邊說，眼淚也滑了下來，卻不是因為難過，而是訝異自己原來也能這樣勇敢。

君兒這才輕輕的笑了，拍了拍紫羽的腦袋。

「妳看，其實一切都沒有我們想像的那麼可怕。」

隨後君兒雙手慎重的搭上紫羽的肩頭，眼帶嚴肅。

「雖然我們身上中了毒，之後就算逃走了，下場可能也不會好到哪裡去。但永遠別忘了，至少這是我們自己做出的決定！我們一直在追求掌握自己的自由，這自然也包括了要自己決定命運與未來的走向——拒絕恐懼主宰妳的選擇！這是我們自己的人生，我們要自己決定自己所想要的未來！」

……君兒真的好堅強。紫羽心裡有著羨慕，雖然臉頰如火燒般的隱隱作痛，卻也知道君兒是不想讓自己失落消極所以才會這樣對待她的。

而隨著君兒一番如同宣示般的話語，紫羽也不再害怕，鼓起勇氣終於決心要和君兒一起努力尋找逃跑的機會！

「我也要和君兒一樣堅強自信！」紫羽抹去眼淚，目光炯炯的看著君兒，在這一刻，雖然她還是有些恐懼擔憂，卻不再像之前那樣消極了。

因為君兒自身的堅定與毅力，不知不覺間，紫羽也潛移默化的開始變得堅強，或許終有一天，她也能蛻變成為了夢想而堅定自己信念的堅強女孩吧。

「嗯，加油，我相信紫羽也可以的！」君兒開懷揚笑，讓紫羽也跟著浮現了笑臉。

隨後君兒晃了晃腕間的手環，這才讓紫羽注意到她自己手上同樣的手環。

「我剛剛不是不理妳啦，而是我在忙著破解這個東西。」
她見紫羽恢復精神，便壓低聲音，附耳跟她談起了自己方才想到的逃跑計畫：「既然妳已經清醒了，那我們先來討論之後的逃跑計畫……」
紫羽柳眉輕顰，像是想起了什麼似的，小心翼翼的四處張望。她壓低聲音問道：「可是，這裡應該也有監控儀器之類的東西吧？我們直接談論這件事好嗎？」
「沒事的，我已經……噓，有人來了！」
在君兒想跟紫羽解釋時，精神力卻在此時感覺到了異狀，病房外正有一群人朝這裡走來。這讓她有些手忙腳亂的解除了精神力置換監視儀器畫面，和紫羽並肩而坐，沉默的等待對方的到來。
不久後，病房緊閉的電子門滑了開來。
紫羽緊張的緊握住君兒的手，君兒則是冷靜的側坐在紫羽的病床一側，冷漠的看著走進來的一群男性。
慕容吟一臉傲慢的笑著從穿著制式服裝似是護衛的人群中走出。
他看見紫羽臉上的巴掌印子，誤以為君兒是在譴責紫羽，嘴角登時揚起一抹嘲弄的笑意。
「怎麼，因為逃跑失敗所以在怪罪同夥了？呵呵，君兒小姐這樣可不行哦，紫羽小姐雖然個性膽小懦弱，但好歹她最後可沒丟下妳逃跑哦。」

慕容吟開口便是冷嘲熱諷，想趁機分化君兒與紫羽兩人的友誼，卻沒想到事情根本不是這麼一回事。

君兒因為再一次看見這個讓她厭惡至極的男人，自然沒個好臉色，不過卻因為他這樣的誤會而眼眸一閃，索性順勢讓他誤會徹底。

「哼，要不是紫羽沒用，我早就逃走了，哪還需要再看見你這討厭鬼噁心的笑臉？」君兒在說這句話的時候，神情傲慢，同時也鬆開了紫羽的手。

只是在鬆手之後，君兒做了一個以前在皇甫世家，她們四人暗中互相傳遞訊息時才有的動作——她抬手捲了捲自己垂落肩頭的髮絲幾圈，讓因為她這麼一句話而面露受傷的紫羽登時恍然大悟。

紫羽在明白君兒有所想法後，繼續維持受傷的神情，卻是回了一個表示收到訊息的動作，讓君兒這才鬆了口氣。

君兒打算藉著這次兩人之間狀似矛盾衝突的互動表現，讓慕容吟放下對她們可能會再度合作逃跑的戒心。

「哦？我以為妳們是朋友……哎呀呀，我都忘了，妳們這些大小姐個個城府深沉，說是朋友怕也是假裝的吧？我還以為君兒小姐個性坦然直率，卻沒想到竟然……哼！」慕容吟自以為發現了君兒的「真面目」，頓時感到不悅，原來過去她的率真坦然只是欺騙。

「至少我對你的討厭是真的！一遇到危險就拿女人當擋箭牌的『膽小鬼』！」君兒加重了最後三個字的讀音，讓慕容吟臉色鐵青，不過他很快就恢復原先的虛偽德行，嘴角含諷的冷哼了聲。

「妳牙尖嘴利的時間也不多了，我就不跟妳計較。相信兩位大小姐應該都知道自己中了毒吧？呵呵，坦白告訴妳們吧，那是我們慕容世家特製的春毒『醉生夢死』，可是會讓妳們這兩個未經人事的小丫頭徹底沉淪慾海的毒素喔！而且——」

慕容吟像是吊人胃口似的拉長了尾音。看著紫羽和君兒紛紛因為他未完的話語專注了精神，不禁惡意一笑。

「此毒無解！只能固定一段時間，跟男子結合才能壓抑毒發時的痛苦。皇甫君兒，我會很期待妳在我身下輾轉哭求的那一天！」

「你這個骯髒卑鄙的臭男人！你以為這樣就能讓我屈服嗎？！」君兒氣得漲紅了臉兒，烏眸閃動著憤怒的光火。顫抖的雙拳和火爆的眼神，無聲的表達了她心裡的不寧靜。

「哦，對了，如果紫羽小姐先毒發了，那我就讓妳眼睜睜的看她被我強占，看她如何在我身下哀求哭泣。不曉得妳看到『朋友』在自己眼前被蹧蹋，會有什麼樣的表情變化呢？相信一定很精彩有趣。我也想看看妳毒發時尊嚴盡失的浪蕩模樣，直到妳受不了那樣的折磨，開口求我救妳。」

慕容吟哈哈大笑，對即將實現的未來充滿著喜悅。

君兒神情恢復過往的疏離淡漠，因為慕容吟這番幻想而冷漠一笑：「你放心好了，我寧願死，也不會開口求你的。」

「那妳就盡情享受那種慾火焚身卻又得不到紓解，直到春毒最後併發毒素劇痛時的折磨吧。我會很有耐心的慢慢欣賞妳是如何崩潰的，哈哈哈哈！」

慕容吟似乎已經能想像君兒最後的下場。光僅僅只是想到，他就感到異常的興奮。

他彷彿優勝者一樣的被護衛擁護離去，留下諷刺意味極深的笑聲迴盪在病房裡。那笑聲最後被關上的電子門給徹底阻絕。

君兒死死瞪著那扇冰冷大門，語氣堅定的說：「你不會有這個機會，我也不會就這樣認輸的！」

想到自己兩人若是留下來可能會遭遇的對待，君兒只覺得胃部一陣翻攪，噁心的感覺讓她打了個寒顫。慕容吟的警告更堅定了她無論如何都要逃離這裡的想法；若是逃不掉，那她寧願自盡也不願淪為男人的玩物！

就在終於平息情緒以後，君兒有些擔憂的看向紫羽，深怕紫羽會因為方才她為了演戲而說出的話又消極了。

看著君兒眼中的擔心，紫羽就想開口告訴君兒自己沒事。可當她想要開口答覆君兒的時候，君兒卻在此時比出了噤聲的手勢，讓她明智的止住了嘴邊意欲說出的字詞。

君兒沒有忘記方才在慕容吟進入她們所在的房間時，她就解除了自己精神力對監控儀器的限制，此時監控儀器正常運作，她們的談話恐怕會被監聽。

君兒暗示紫羽暫時先別說話，同時再次使用精神力混淆了監視儀器，這才放鬆了臉上的嚴肅。

「紫羽妳可以說話了，別擔心別人會聽見我們的對話，我已經使用精神力混淆監視儀器，所以監控人員不會知道我們到底做了些什麼或談了哪些事。這是我以前跟鬼先生學來的技巧之一。」

君兒開口告知紫羽自己已經施展了精神力技巧，同時不由得有些擔心的詢問紫羽道：「紫羽妳還好吧？剛剛我的話說得太難聽了，但我只是希望慕容吟放下對我們的戒備，希望妳沒有誤會……」

紫羽只是笑笑的搖頭，表示自己明白君兒所想：「既然君兒有辦法讓監視儀器失靈那就太好了！剛才多虧了妳和緋凰設計的暗號，不然我真的會誤會了呢。」

見紫羽眼中的理解，君兒這才放下心來，繼續先前被慕容吟打斷的話語。

「那麼繼續我先前沒說完的討論，最首要的是我得先破解我們手上限制星力運行的手環，紫羽妳也得想辦法找到病房裡隱藏的光腦面板，妳試看看能不能取得戰艦的資料，找到慕容世家停放飛艇的位置，然後我們就趁機製造混亂逃出去。」

「好！就按照妳計畫的那樣進行吧，只要沒有監視儀器，我們就可以盡情的發揮了。我先來找找看這間病房有沒有隱藏在牆壁裡的光腦系統，君兒妳加油破解手環哦。」紫羽邊鼓勵君兒，同時也藉此激勵自己。

君兒見紫羽浮現自信的神采便揚起一抹欣慰的笑容，繼續自己原先的工作。

看著紫羽恢復信心，她彷彿也覺得自己充滿力量了。殊不知，紫羽也正有和她同樣的念頭。

情緒能夠影響別人，當自己傷心，別人若是不夠堅定則有可能也變得傷心，最後彼此間只剩下難過的氛圍，讓人變得低落消極；但如果自己充滿信心，別人也會因此受到影響而振作起來。

無形間，這樣的堅強能使自己和他人變得更堅強！

Chapter 46

三方算計

卡爾斯立於戰艦艦首處，雙手負於身後，饒有興致的看著眼前光腦螢幕投射出的畫面。

就在不遠處，他要求另一批團員駕駛戰艦小心跟蹤著陌生的黑色戰艦。在跟蹤了一段時間以後，黑色戰艦的艦身上浮現流光閃動的符文，片刻後，從一艘原先分不出來歷的戰艦，突兀的變成了印有皇甫世家族徽的戰艦！

雖然戰艦普遍都帶有偽裝功能，卻沒辦法偽裝他族特有的族徽，只要檢測就可以得知真偽。族徽一向帶有特殊的星力波長，這點就如同人的指紋一樣，難以仿造。

卡爾斯的手下透過檢測，發現了對方戰艦上的族徽確實是刻意假造的。

「哦，果然如此，就跟我猜的一樣。」卡爾斯了然的冷笑著，像是識破了什麼天大陰謀一樣。

「報告老大！」旁邊一位粗獷高壯的星盜突然發話。

「說。」卡爾斯擺手，示意手下發言。

粗獷星盜一臉蠻橫，但此時卻面露靦腆的撓著頭，有些好奇的開口詢問：「老大英明，老大威武！不曉得老大從那艘來路不明的戰艦變成皇甫戰艦以後，看出了什麼陰謀詭計來？」他先是拍了卡爾斯幾句馬屁，接著忍不住將自己心中困惑的問題問了出來。

聽聞這個問題，卡爾斯不由得大翻白眼。

「這都看不出來？就叫你們多讀點書長長知識了，少在那丟人現眼了蠢貨！」

……嗚嗚老大，咱們都是粗野漢子，一生坎坷，哪有機會去讀那文謅謅的書籍啊？星盜一臉委屈的想著。

「總之，根據我之前收到的傳言，新界的慕容世家似乎有吞併皇甫世家的打算。那艘黑色戰艦暗中跟上了慕容世家的戰艦，起先我猜想那可能是皇甫世家的伏兵，但現在看它展露族徽，推翻了我之前的想法，但也跟我原先的猜想相去不遠。那艘黑色戰艦，應該就是慕容世家為了嫁禍皇甫世家而刻意做的偽裝。」

卡爾斯心思縝密的說出自個的判斷！

他微瞇著翡翠色的眼眸，眼裡閃動著殘酷，一張娃娃臉染上了陰冷。

「這倒是給了我一個混水摸魚的好機會。讓娜娜繼續追蹤，別讓『皇甫世家』的人發現了他們的蹤跡。等這場戲演得差不多的時候，我們再趁虛而入來個猛攻！沒想到這一趟原界之旅充滿了樂趣，希望這場娛樂不會太無聊。」

黑色戰艦有所圖謀，卡爾斯更是滿肚子壞水。他這位性格和容貌大相逕庭的星盜頭子，已經把主意打到這兩艘戰艦上頭，盤算著之後自己能拿到多少好處呢。

「嗯，兩位皇甫世家的新娘子都在上頭，就讓我看看……那位『紫羽』，究竟是不是那位提供我皇甫世家內部構造圖的駭客『小羽毛』吧。」卡爾斯眼神閃爍，臉上表情卻有些僵硬，像是想起了什麼不愉快的事情。

如果真的是「她」，那麼皇甫世家婚宴上的混亂，可能就沒有表面上的那麼簡單了。話說回來，戰天穹那傢伙隱藏在皇甫世家裡頭，到底是在保護誰呢？

想起那位狀況不怎麼穩定的友人，卡爾斯不由得緊鎖劍眉，卻怎樣也想不通，為何一向清心寡欲、對修煉以外的事情無動於衷的男人，竟然破天荒的當起保鑣來了？！這莫非跟羅剎十幾年前說的那件事有關，他找到那位擁有「星星之眼」的人了？

＊＊＊

就在卡爾斯左思右想不得其解的時候，偽裝成「皇甫世家」的戰艦艦長絲毫沒有察覺出被跟蹤了，此時該戰艦的艦長正和慕容戰艦上的慕容族長相談甚歡。

「家主，等我們到目的地，計畫就可以開始進行了。沒想到進行的如此順利，雖然不知道是何方組織拖延了皇甫世家的追蹤，但不失為一個大好機會。」

戰艦艦長正恭敬的向慕容翔風報告狀況，同時行了一個標準的軍禮。

慕容翔風不以為然的點頭回應，他霸占了自個戰艦的艦隊艦長座位，一臉森冷笑意。

「希望日後皇甫世家收到這個消息時可別太震驚。等等到達目的地之後，別忘了把我們雙方的戰鬥畫面記錄下來，到時候就算是假的，這畫面也足夠拿來威脅皇甫世家讓步了。」

「多虧了這一次的婚禮，出了這場『意外』，就不相信皇甫世家還能抵擋我們慕容世家的侵略。我已經迫不及待的想要將皇甫世家的資產全都收編名下了呢！」慕容翔風面露貪婪的說道，眼神絲毫不掩飾自己覬覦皇甫世家資產的渴望。

「父親，我回來了。」

慕容吟在此時腳步輕快的回到艦首處，臉上盡是愉悅。

慕容翔風回首便見兒子一臉春風得意的模樣，當下便知道這一直在某位少女身上不斷吃癟的兒子，似乎終於到了揚眉吐氣的一天，不由得有些無奈。

他語氣嚴肅的提醒道：「瞧你這副開心模樣，是見到皇甫君兒低聲下氣的求饒、還是梨花帶淚的哭了？你別把力氣全耗在那女孩身上，我們是要成就霸業的上位者！你卻僅僅因為折服了一個小女孩而那麼開心！要把目光放遠一點，別拘束在一個小女孩身上，以後等我們慕容世家吃下了皇甫世家，你要多少美人就有多少，計較一個小女生做什麼？！」

慕容吟低垂著頭，溫馴的聽著父親的教誨，卻是垂頭掩飾自己不滿的目光。

「希望你真能把我的話聽進去，皇甫君兒那小丫頭之後你想怎樣折磨都可以，不過可別弄死

了，擁有『繼承天賦』的大小姐可是非常珍貴稀有的。」

「是，父親。」慕容吟淡漠回應，然後走到慕容翔風身邊垂手而立，靜靜的傾聽父親和下屬繼續計畫不久後即將展開的一場大戲，卻是一臉對此備感無趣的不耐煩。

＊＊＊

就在這三方彼此算計之時，慕容戰艦上的君兒也終於將限制手環分析完畢。她臉上流露一絲驚喜的神情，對破解限制手環有了一連串的想法。

而注意到君兒喜出望外的模樣，紫羽按捺不住好奇心，便開口向君兒詢問關於破解的情況。

「君兒，破解這手環會很困難嗎？」

「嗯，還在我可以處理的範圍，至少比皇甫世家那個複雜的定位監控符文耳環簡單多了，看樣子，慕容世家的符文師沒有皇甫世家聘請的厲害呀。我先嘗試看看能不能將我的手環破解開來，等等再幫妳。就麻煩紫羽繼續尋找隱藏著精簡光腦系統的地方吧。」

話語方落，君兒馬上熟練的操作精神力，將限制手環裡設定的符文序列利用特殊手法叫了出來。那投射在空氣中的符文閃動著光輝，也就是這東西限制住她們吸收星力，藉此控制住她們修復

身體內的傷勢以及施展天賦能力。

可惜慕容吟算錯了一點，那就是他誤以為君兒當初是利用天賦能力攻擊他，卻不曉得符文技巧和精神力才是君兒真正的力量所在！

絕對不可能有人料到，一個星力評等最低的廢物，竟然在原界就覺醒了精神力！

君兒專注精神，仔細的看著那流光閃動的符文序列，就等著星力循環結束的瞬間，趁機利用精神力破壞掉符文序列的運作。

她的慎重也感染了紫羽，讓紫羽停下了手邊尋找光腦系統的任務。

可惜現在的君兒僅僅只能做到暴力破解，還不像真正的符文師那樣能夠製作符文道具。

突然，君兒眼神一肅，無形的精神力凝聚成極為鋒利的尖錐，直直刺入符文序列中忽然暗淡的一處！接著，那原本閃爍流光的符文因為君兒精神力的介入而猛地一震，旋即開始崩裂，直到最後全部潰散於空氣之中。

當符文完全消失，那限制星力吸收的束縛也瞬間消失。

君兒面色驚喜，緊握雙拳。她終於能再次感應到星力了。

「成功了?!」

紫羽看君兒眼神帶上欣喜，原本心中的大石頓時放下，也跟著開心了起來。

「來，紫羽，我幫妳破解手環的功能，妳也儘快吸收星力恢復體力。」

君兒對紫羽招手，很快的就幫助她破解了手環，接著兩人開始吸收星力恢復體力。君兒也藉機利用星力治療體內的些微傷勢。

兩人隨後又繼續著工作，試圖從光滑的合金牆面尋找隱藏其中的光腦介面。

紫羽身為駭客，自然也介紹過同伴們不少關於戰艦飛艇的平面設計。這是因為君兒考量到如果搭乘飛艇出了意外，或者是被其他組織的戰艦發現並俘虜時，可以透過這樣的知識找到自救的方式。

戰艦雖然設計多有不同，但卻有一個共通的設計——那便是為了方便維護，每個隔間或每隔一段距離的牆面，就會設置簡易的隱藏光腦系統控制裝置。只是因為現在科技技術的進步常常設置的十分隱密，必須要非常的仔細，才能從一體成形的牆面中找出隱藏光腦的縫隙來。

「有了！」

紫羽驚呼出聲。憑著指尖觸摸的感覺，她摸到了那幾乎完全與牆面融合為一的縫隙，在面露驚喜之餘，卻怎樣也無法依靠蠻力來扳開那面堅硬的金屬牆面。

「我來試試看。」

君兒也是一喜。但修煉過的她實力卻還不到能夠破壞戰艦的地步，在辛苦了一番後，牆面仍是

文風不動。最後她猶豫了一會，思考著要不要讓紫羽知道她擁有符文凝武技巧，但在看見紫羽眼中的信賴和緊張以後，她輕聲一嘆。

紫羽是全然相信自己的，這點君兒再清楚不過了。她這樣的隱瞞似乎是多餘的，得試著相信朋友才行。

「紫羽，妳後退一點，這裡交給我。」君兒讓紫羽稍微退遠，同時語氣嚴肅的說：「之後請不要把妳等一下看到的一切說出去。」

然後就在紫羽還沒理解君兒這句話的時候，君兒已經深吸一口氣，神情嚴肅的抬起手，透過精神力，呼喚起那沉睡在她精神空間裡的力量！

君兒緊握的掌心中，符文突兀的出現，僅僅一瞬便凝聚成一把閃動著符文光輝的短劍！

因為是第一次在不知情的朋友面前使用這樣的技巧，君兒有些緊張的精神不集中，有好幾次短劍都差點因此潰散消失。但想到鬼先生過去的指導，君兒的心情很快就平靜了下來，符文短劍也漸漸的由虛轉實，鋒利的劍身閃著銀光，彷彿言述著它的危險。

紫羽倒抽口氣，雙手緊摀住愕然張大的小嘴，不敢相信自己看見的。

「這是，符文凝武技巧……？！」

君兒這樣的舉動讓紫羽面露震驚。據說這可是只有極少數人才能在覺醒精神力時掌握的特殊技

巧。雖然早在君兒可以使用符文時，她們就知道一定是鬼先生耗費心力的為君兒強制覺醒了精神力，卻沒想到君兒竟然與生俱來這樣罕見的才能！

手持符文短劍，君兒額間卻是滑落冷汗，僅僅只是凝聚成形，就讓她備感吃力。

鬼先生曾經警告過她，若是等級不夠、精神力的修煉不足時，盡可能不要使用這樣的技巧，否則那將會大量的消耗她的星力以及精神力。此時傷勢才剛剛復原不久的她，施展這樣的技巧還有些吃力。

「好累……得快點才行。」

君兒動作飛快的將符文劍往隱藏光腦介面的縫隙刺入，然後小心的沿著縫隙邊緣割劃，避免傷到裡頭的光腦介面。

就在短劍繞行著縫隙劃過一圈，金屬牆面終於就這樣毫無滯礙的落了下來，讓裡頭密密麻麻的線路嶄露兩人面前。

君兒手中的符文劍轉眼便化為淡淡的光輝徹底消散，像是未曾存在過一樣。

她抹去額上的汗水，為第一次使用符文凝武技巧的成果感到滿意。

「紫羽，可以的話請替我保密，我不想讓太多人知道我有這樣的能力。」

「好，我不會告訴別人的。」紫羽乖巧的點著頭，同時詢問君兒：「緋凰她們知道這件事情

嗎？」

君兒搖頭，「她們不知道，我只有讓妳和鬼先生知道而已。」

談到那個男人，君兒原本平靜的臉龐變得柔軟，隨後卻是染上哀傷。

她中了春毒，不曉得還有那個機會可以實現她昔日和鬼先生的約定嗎？

拳心無意識的緊握，君兒一想到自己可能失約，只覺得自己的心好疼。

她其實沒有將自己的害怕說出口，深怕會動搖紫羽的信心。

她也會害怕，害怕自己春毒發作時會被別的男子占去了身子；害怕自己只能透過自盡來結束這一生……

鬼先生會擔心她嗎？會不會在兩年以後沒有見到她，便親自來尋找她的下落？她不害怕自己會死去，卻擔心那個表面剛強，內心卻無比脆弱的男人會因她的死去而傷心難過。

我一定會逃出去的！

然後在兩年以後，驕傲的站在鬼先生的面前！

君兒目光終又閃動著堅毅的神采。

雖然別離的時間不長，但君兒卻開始明白戰天穹在自己心裡占的比重如此之多。

見君兒神情堅毅，隱身在空間縫隙中的戰天穹臉龐悄悄放柔了幾分。

「紫羽，接下來就交給妳了，先想辦法調出戰艦平面圖來，找到我們所在的位置。」

君兒讓出位置，將掉落的金屬板帶開，讓紫羽可以專心工作。

看見那簡單的光腦系統，紫羽登時眼兒一亮，神情不再膽怯，反而像入了水的遊龍一樣，瞬間來了精神。

「這裡就交給我吧！」

接著，君兒又像是有了什麼新主意似的，嘴角揚起一抹妖異的笑容，問道：「紫羽有辦法搗亂戰艦的光腦系統嗎？我們來替自己製造逃跑的機會。」

「這沒問題。」紫羽自信的說著，她天生對數據敏銳，這可是她的拿手領域，絕對辦得到！

「那好，我們就來鬧個天翻地覆吧！」

Chapter 47

天翻地覆

幾乎就在君兒做出決定後沒多久，紫羽便以極快的速度調出了戰艦的平面圖，並找到了她們於戰艦中的所在位置。

君兒看著簡易的光腦螢幕投射出的平面圖，神情專注的開始閱覽起來，並下達指示：「紫羽，調出戰艦各層的平面圖，還有找到停放飛艇的區域。我們先計畫一條通往飛艇區域的路線。還好嗎？沒有被發現吧？」

君兒有些緊張，她並不了解駭客是如何入侵光腦系統並奪取資料的，深怕會意外被人覺察她們的行徑。

「放心，以我的能力，還沒有幾個人能發現我的蹤跡呢。入侵光腦系統是我的拿手強項，君兒就相信我吧！」紫羽自信的笑著，指尖敲擊著按鍵發出清脆聲響。

片刻後，紫羽順利的調出了戰艦各層平面圖，同時標示出停放飛艇的區域。

君兒看著那極為複雜的平面圖，只覺得精神緊繃，生怕會漏掉某一個環節。

「飛艇停放區與我們的病房有一段距離，不過看樣子人群聚集的區域並不在我們和目的地的四周，但還是得小心點。我要來規劃一條逃跑路線，紫羽妳先置換監視儀器的畫面，讓我可以全神專注的工作。對了，妳爭奪戰艦光腦的控制權還需要多少時間？」

「大概還要十分鐘……好了，我已經置換掉監視器的畫面了，君兒妳先專心規劃路線吧。我趁

這段時間順便寫隻病毒，等一下在我們準備要逃跑的時候，就靠它擾亂戰艦光腦了。」

君兒聽紫羽這樣說，便收回了原先置換監視器畫面的精神力，將精神專注在畫面上，試圖用最快的速度找出一條可行的路徑。

「雖然不知道慕容世家要前往何方，但我們最好越快離開越好。大致上的路線已經確定了，就從這一直到這。」君兒在平面圖上比劃了一番，好讓紫羽可以理解她們的逃跑路線。

「等妳奪到光腦系統的操作權，便封鎖戰艦上所有監視儀器的畫面，並將所有居住艙房、交誼廳、辦公處的大門封死，關閉內部照明，然後除了我們的逃跑路線以外，將其他路線通道的閘門全部放下，最好要將護衛全部困死，才能盡可能的減少障礙讓我們直衝飛艇停放區！」君兒邊說，邊揉了揉因為過度專注而痠澀的眼，她有些疲倦的盤腿坐回病床上。

「我先休息一下，爭取恢復精神力，以便之後關閉照明時我們能依靠精神力找到正確方向趁機逃出去。」說完，君兒便闔上眼專心的修煉起來，把握時間恢復狀態。

「好！等我搶到系統操控權的那瞬間，我就會放病毒進去，病毒會按照妳說的那樣強制竄改原先的系統設定。我只希望我們的逃跑路線上不會有留存的護衛……」紫羽最後面露擔憂，卻沒有停下手邊工作。

「如果有遇上敵人的話，那就戰鬥吧。」君兒淡淡的說著，絲毫不畏懼可能出現的危機。如果

連這關她們都闖不過去，又何談掌握命運？！

這個計畫倉促且粗劣，但她們只能把握時間替自己創造機會。就唯恐慕容世家會將她們帶到另一個更難逃離的牢籠裡頭。

不久後，紫羽操控的畫面上忽然亮起了警告紅燈！

紫羽緊張的高喊：「君兒，三十秒後病毒就會全面生效了，準備囉！」

「好！」

君兒的「好」一字才剛說完，病房裡的照明忽然一暗，大門也在同時「唰」的一聲敞開。

外頭因為突來的黑暗傳來醫療人員驚慌失措的喊聲，以及閘門放落的沉悶響聲。

趁著混亂與昏暗，君兒透過精神力，在黑暗中找到了她們的目標方向，隨後她立刻跳下病床拉住在黑暗中迷失方向的紫羽，直往目標所在衝了出去。

許久之後緊急照明的燈光才亮起，後知後覺的醫護人員才注意到那敞開的監禁病房大門，在發現原先裡頭監禁的兩位大小姐失蹤以後，震驚的吶喊出聲：「那兩位皇甫世家的大小姐跑了！」

然而，當有人想要聯繫艦首回報這個消息時，卻發現艦內的通訊全斷了，而留在醫療室的多是手無縛雞之力的醫生和護士，更別提那些倒臥床榻的病人了。

幾位傷勢不重的護衛這才趕緊追了上去，卻因此錯過了黃金追捕時間。

＊＊＊

稍早時間，艦首區——

慕容翊風正在和偽裝成「皇甫世家」戰艦的戰艦艦長商談著要如何才能讓「皇甫世家」攻擊「慕容世家」的這場戲碼演得順利之時，戰艦上的燈光忽然一暗，連帶讓對方艦長的畫面也跟著變成一堆灰白橫線的混亂雜訊。

慕容翊風為之愕然。

「我都還沒說開始，怎麼就先執行計畫了？」他誤以為是下屬自己擅自率先執行了計畫，起先還有些困惑，直到燈光遽然暗下，他這才感覺到不對勁。

昏暗的艦首陷入一陣騷動，一名負責控管戰艦主要光腦系統的人員驀然驚呼出聲：「報告家主！戰艦光腦系統被病毒入侵了！」

「搞什麼？這是怎麼回事！」慕容翊風顯得萬分氣惱，對著操作人員怒聲咆哮。

操作人員緊張的持續回報，同時手忙腳亂的開始想辦法解除病毒。

「病毒奪走了系統操控權，將主要照明以及各艙室大門全部封閉，似乎連通道上的閘門也都被

放下了！」

慕容翔風很快就恢復理智，「解除病毒要花多少時間？」他詢問操作人員。

「至少要十分鐘以上……」

「限你五分鐘給我搞定！不然就等著被丟出戰艦當宇宙塵埃吧！」慕容翔風冷酷的發言，重重一捶座位把手。

「……是！」操作人員無奈又悲憤的回應著。

在操作人員的努力之下，很快的緊急照明終於亮起。這時慕容翔風卻注意到慕容吟竟不在本來的座位上！

慕容翔風神情鐵青的詢問一旁的護衛：「吟兒呢？」

護衛苦笑回應：「在您討論如何進行之後的計畫時，就半途溜了……」

「你們這些護衛是幹什麼的，怎麼吟兒離開的時候沒有通報我！你們更沒有跟上去保護他！我就只有這麼一個兒子，若是他少塊肉你們都得陪葬！」慕容翔風氣惱的衝著護衛怒吼。

護衛囁嚅道：「是家主您說少爺可以隨意來去的。少爺身邊還是有跟了幾名護衛，他也轉告我們不要打擾您的討論，說他要去皇甫大小姐那找樂子。」

「該死！又去找那皇甫丫頭，這混小子哪時候才能長進一點！快去找到他，把他帶回我身邊。

可惡，竟然會有病毒入侵系統，這絕對不在我們的計畫之內，究竟是誰？！」

慕容翔風一臉戾色，想知道是誰壞了他的好事。

就在此時，操作人員突然發出一聲驚呼：「糟糕，病毒產生的大量錯誤訊息讓系統就快承受不住了——」

他的警告還未說完，維持整艘戰艦能源的核心爐便傳來長長的嗡鳴聲，戰艦上的光腦系統在一瞬間失去能源，徹底當機！

原先正與慕容翔風談論計畫的「皇甫世家」戰艦艦長，因為畫面的突然中斷而為之一愣。

「艦長！家主所在的戰艦聯繫中斷了！」

艦長有些呆滯的呢喃道：「嗯？還不到計畫執行的地點，家主怎麼這麼著急？」

「……不、不好了艦長……」一位操作員語帶顫音的發言，同時將戰艦雷達所偵測到的畫面投放在大螢幕上。

「我們被突然出現的三艘陌生戰艦包圍了！」

艦長眼神一肅，厲聲詢問：「怎麼回事？！我不是要你們要小心不要被跟蹤嗎？為何被包圍才發現有敵人出現？！」

「對方使用的隱蔽符文效能比我們的監測符文好……」

「該死，族長那裡呢?!」艦長臉色一青，焦急詢問家主的情況。

「有另一艘戰艦出現在家主戰艦的八點鐘方向!」

「該死的，為何會在這個時候出現程咬金!還不趕去支援!盡速突圍前去協助家主!」艦長暴跳如雷的下達指示，卻在看見大螢幕上那三艘戰艦解除偽裝，展露出來的代表徽章以後，臉色變得死青蒼白。

三艘敵方戰艦漆黑色的尾翼上，一顆斗大的白色骷髏頭徽章逐漸顯現而出。

「那是——星盜?!」

看著那象徵死亡與殺戮的骷髏標誌，饒是一向見慣大場面的艦長，此刻神情卻如同喪家之犬般的充滿絕望。

「星盜不是一向只在新界遊蕩打劫的嗎?為什麼會跑來原界!」

艦長驚喊出聲，卻沒人能回答他的這個問題。

暗中尾隨在慕容世家戰艦後的卡爾斯直屬戰艦，在意外發現慕容世家的戰艦停止航行之後，瞬間進入戒備狀態。

「……被發現了嗎？不對，情況有變！」卡爾斯先是嚴肅，隨後像是發現什麼似的語帶驚訝。

「老大，偵測到目標物的星力動力下降中！似乎戰艦上發生了什麼意外？」一位星盜盡責的回報手邊資料，同時面露愕然。

「他們不會那麼倒楣，發生『戰艦拋錨』這種突發事件吧？」

戰艦拋錨可說是極其難得罕見的宇宙飛安事故，畢竟現在科技那麼發達，戰艦主要的核心爐可是吸收星力運作，怎樣也不可能會終止能量輸出，就算能量供給不穩定，也可以暫時關閉其中幾個推進器航行。

但所謂的戰艦拋錨，是戰艦主要的核心爐因為不明原因而完全中斷能量輸出，因而導致戰艦運行停擺，而所有的光腦系統全部當機關閉的特殊意外！

要說遇到戰艦拋錨的機率，那簡直就像走在路上突然被雷打到那樣的低！

「……莫非是覺得讓老大我跟在後方不好意思，大發慈悲的要我趕上前把他打劫乾淨才拋錨的？」

……老大你想太多了。星盜團員不約而同的在心中吐槽著。

只是，目標物突來的意外無疑是個大好機會，哪怕這是一個陷阱，對長年生活在刀尖上的好戰星盜們而言，也不過只是突來的意外之喜而已。卡爾斯自然也不會放過這個天上掉下來的好機會。

他獰獰一笑，冷酷的下達指示。

「讓原先跟蹤『皇甫世家』的戰艦隊伍現形，直接圍攻對方的戰艦！別忘了讓他們知道我們是什麼人！我們則解除隱匿，上前直攻慕容戰艦！」

卡爾斯一臉興致盎然，只是配合他那張娃娃臉，原本陰冷的笑意卻又顯得邪異無比。

「嘿嘿，他們一定想不到還有我這隻黃雀在後吧。解除隱匿，既然慕容戰艦拋錨了，管他是假裝的還是故意的，總之這個便宜我撿定了！準備進行攻堅！」

「是，老大！」眾星盜齊聲應答。

「哇哈哈，今日可說是滿載而歸呢！先前洗劫皇甫世家得到的好處就數不盡了，更何況還抓了五位身價非凡的大小姐，現在更有兩隻肥羊等在那給我痛宰一筆，真是……不幹這票太對不起自己了！」卡爾斯樂不可支的說著。屈指盤算近日來的收穫，這真是百年難得一見的好生意，簡直是賺翻了！

他絲毫不擔心自己一方會落敗，而之所以會這麼有自信，純粹是因為他的戰艦隊伍，是為了戰爭而打造的特種航艦，與尋常家族那些僅僅是為炫耀財富、空有造型實則軟綿無力的戰艦根本不是同一個等級的。

「報告老大，有一個相信你會感興趣的消息。慕容戰艦的光腦系統似乎被外來病毒入侵，因而

導致系統過載，主核心爐因此被安全系統強制關閉了。我想，老大應該對這張圖片很熟悉吧？」

一位負責數據資料的星盜在光腦螢幕上投影出了一張圖片。圖片有些粗糙不精緻，看得出是忙亂中臨時製作出來的，卻依稀可以看得出是一根羽毛的標誌。

這似乎是埋首於數據堆中的駭客們特有的習性。無論駭客是新人或是老手，總喜歡在製造系統錯亂或是駭取資料以後，光明正大的留下象徵自己身分的代表圖示或文字名稱，這對駭客們而言是一種榮耀與驕傲。

而看到這根羽毛符號，原本還帶著玩味心情的卡爾斯不由得站起了身子，神情冷戾。

幾乎在這張圖出現的一瞬間，他便肯定了這枚記號的所有人，就是那位給予他皇甫世家詳盡資料的駭客「小羽毛」！

「哼，可真給我找到了。」卡爾斯撇撇唇角，臉上浮現一種懊惱又懷抱著高昂興致的神情。這枚羽毛標誌竟意外的出現在慕容戰艦上頭，他可不認為是什麼無聊的巧合。他一直在尋找的那位駭客，十之八九便是被慕容世家捕回的兩位皇甫新嫁娘其中之一了。

一位星盜表達自己的困惑：「真奇怪，老大你怎麼一直在找這個羽毛標誌的駭客啊？不過就是自己的秘密被發現了而已……」

「還而已？！」

卡爾斯被手下戳到痛點，頓時想起了那些不愉快的事情。這讓他有些羞惱成怒，卻是看得其他幾位星盜莞爾一笑，瞬間讓嚴肅的氣氛消失個沒影。

卡爾斯那張娃娃臉，哪怕在生氣，還是顯得稚嫩青澀，實在沒有太大的威脅力。

「唉唷，老大那秘密又不是什麼見不得人的事，團裡的大家幾乎都知道啊。」一名星盜笑嘻嘻的說著讓卡爾斯面色鐵青的話語，可他這番沒大沒小的話不但沒有激起其他星盜的不滿，反而惹來一票同伴的竊笑聲。

他們家老大有個小愛好，但當事人將這件小事當成秘密和寶貝一樣，小心翼翼的不想被人知道。

秘密之所以被稱作為秘密，多半是人們不願意被人知曉的隱密私事。可他最珍藏重視的「那件事」卻意外被自號「小羽毛」的駭客查到，還被藉此當成把柄威脅。這實在是卡爾斯忍無可忍的一大糗事。

這名駭客更此作為威脅，要求他前來原界搗亂皇甫與慕容兩家聯姻的婚宴。

雖然作為交換條件，對方不會公開卡爾斯的秘密，同時也提供了皇甫世家的詳細內部資料，但是秘密被發現的卡爾斯可說是暴怒不已，開始打探起了這位駭客的消息。

或許常人不會去聯想到這名駭客跟皇甫世家之間有什麼關聯，但當卡爾斯看到新娘名單上其中

一個名字時，直覺告訴他，那就是他要找的人。

好吧，雖然直覺這玩意兒可說是時準時不準，但他在無數次的收集資料以及打探之後，這才真的開始懷疑自己的直覺是真的！

那個在網路世界橫行無阻的駭客「小羽毛」，很有可能就是其中一位皇甫新娘！

不過，對方竟然要他們這些在新界橫行無阻的可怕星盜去幹這種雜毛小事，簡直就是殺雞用牛刀，浪費！

……不過卡爾斯還是照做了，原因有幾個：一，是好奇這駭客到底知不知道他是誰，竟然膽敢對世界通緝榜單裡排名第三的星盜團團長發出威脅；二，是正巧慕容和皇甫世家跟自己一位友人的家族有仇；三，是剛好星盜團裡最近因為改造了基地所以缺錢……所以，他最後還是來了。

「不過這是我第一次聽說老大有這種喜好呢，很可愛嘛，噗哈哈哈！」某位星盜忍著笑意，顫著身子說出這句話來，瞬間引來其他人的附和笑聲。

雖然星盜的笑聲並不是恥笑卡爾斯的興趣，而是對這位凶殘冷酷的老大會有這樣的追求和喜好而感覺有趣，卻還是惹來卡爾斯的一陣惡瞪。

卡爾斯因此漲紅了臉龐，差點就從艦長座位上跳出去，把那位手下抓來暴打一頓。

卡爾斯這輩子最恨別人拿他的娃娃臉來調侃他，更討厭有人說他「很可愛」，這對身居高位的

星盜老大而言，簡直就是天大的諷刺！

打從一出生他老媽就是生了這樣一張臉給他，他有什麼辦法？真是氣煞人也！

「你們懂個屁？那可是全宇宙最偉大的事業，你們不懂啦！」重拍椅背，卡爾斯放聲大吼：「少囉嗦了，給我在十分鐘內進攻慕容戰艦！數據人員全力攻破戰艦光腦系統，解除病毒同時卸除任何自爆或有害程序，同時找到兩位皇甫新娘的所在位置！那可是我這一次的目標物，我希望最後看到的是兩位完好無缺的新娘，她們若少了根頭髮就唯你們是問，知道沒有？！」

語音方落，卡爾斯那張秀氣的面容上，揚起了一抹噬血笑意。他慵懶傲慢又不失氣度的坐回艦長席位，長年身居高位的氣勢無形展現，頓時讓一群星盜們收斂了方才嬉鬧的情緒。

「是！」星盜們語氣中帶上了尊敬，異口同聲的高聲應答。

這就是他們的老大，凶殘又冷酷的冥王星盜「卡爾斯」！

＊＊＊

警笛響徹整艘戰艦，內部只剩下警示的紅燈不停閃爍著。

昏暗中，兩抹嬌小的人影奔馳在無人的通道上。

君兒拉著紫羽根據方才規劃好的路線狂奔，也多虧了紫羽的病毒製造的混亂，將那些還在休息的護衛統統關在房間內，無法出手抓捕她們。

君兒唯一擔心的是她們原先所待的病房外的醫療區會有身強體壯的護衛追上來，好在一開始有一段黑暗的時間，讓她仗著自己的精神力趁機逃脫，對方就要追上怕也要花上不少時間。

也因為君兒指示紫羽將大部分的通道閘門關上，隔離了不少巡邏的護衛，讓兩人一路奔跑，竟沒在漫長的通道上遇見半個人影，使她們不約而同的鬆了一口氣。

而先前戰艦照明暗下時，一向對參與父親計畫沒興趣的慕容吟，滯留在父親身邊一段時間後，備感無聊的他又想回病房繼續戲耍君兒一番，卻沒想到在這時候戰艦燈光遽暗，關閉的閘門隔開了他與隨行護衛。

「少爺？少爺！您還好嗎？」護衛們驚慌失措的在閘門另一頭吶喊著。

「我沒事！」慕容吟高聲回應。突來的意外讓他在震驚之餘，竟意外的聯想到了君兒。

該不會又是她？！

下意識的，慕容吟直覺是君兒搞出了這次的騷動。他想到君兒先前是如何利用自己，以及逃跑那時熟練穿行巷弄的模樣，顯然已是計畫多時。這不難讓人猜想她是否可能透過某種方式引發此時

戰艦上的混亂，來替自己製造逃跑的機會。

慕容吟看著身處的這條通道，注意到閘門全都沒有關閉，就彷彿連接兩個端點一樣，而其中一頭，便是他意欲前往的病房所在……他想也沒想的，直朝病房那頭的通道走去。

或許是冤家路窄，當這一向不對頭的兩人在通道兩端再度相遇時，都不約而同的發出驚呼聲來。君兒和紫羽皆是錯愕，而慕容吟卻是若有所覺的冷笑出聲。

「慕容吟！怎麼又是你這討厭鬼？！」君兒眉眼抽搐的咒罵著，沒想到連這種時候老天都要派蒼蠅來阻撓她！

不同於君兒的惱火，慕容吟面色冷然，眼裡燃著怒火。

「哼，想逃嗎？皇甫君兒，無論如何，妳終究逃不掉我這一關的！」慕容吟在咬牙切齒的說出這句話的時候，也同時抽出身上佩戴的刺劍，擺出攻擊姿勢，打算阻撓君兒兩人的前進。

「君兒……！」

紫羽被君兒推至後方，而君兒則是自個站了出去，神情肅然。

「中了毒還想逃跑，看樣子妳真的小瞧了我們慕容世家特製的春毒了啊……不過，既然被我逮個正著，我看妳如何從我手中逃出去！」

Chapter 48

冤家路窄

「進入攻擊距離，入侵用大型錐爪預計三分鐘後啟動！請各機組成員準備！」

卡爾斯因為手下的提醒而揚笑，他興致高昂的從座位上站起，說道：「這麼有趣的事，我怎麼能不親自走一遭呢？」

他竟是打算親自深入前線，卻是無人阻止。僅因手下們都明白，卡爾斯一旦決定了的事情，哪怕再危險他都一定會去做——對尋常人而言，這或許只是一時熱血衝動，但對星盜而言，深入最血腥危險的前線，才符合星盜追求危險、在刀鋒上玩命的至高美學！

「老大，我也要去！」

「欸欸，這次換我了，上一次我可是被安排成待命組的，這一次得讓我殺個夠本！」

「吵死了！」卡爾斯一聲怒吼制止了手下的爭執，冷靜的開始安排規劃：「老樣子，待命組在戰艦上待命、出征隊在入侵慕容戰艦後兵分三路。一隊跟我一起搜索兩位大小姐，一隊搜刮錢財，最後一隊由靈風帶領，前往戰艦主核心處複製對方的戰艦核心符文！兩分鐘後出發，自行分組然後就定位！」

慕容戰艦上有人看見了自不遠處解除隱匿狀態而出現的陌生戰艦，看著陌生戰艦艦尾處的骷髏徽章，因而發出了驚呼聲。

「快看吶，有星盜——」

就在戰艦核心爐因為紫羽的病毒帶來過量超載的資訊，因而被安全裝置關閉以後，停擺的戰艦就這樣靜靜的飄浮在宇宙中。當艦首處的操作人員正想盡辦法讓光腦系統復原時，卻有人從失去畫面而展露的戰首觀景窗外，看見了突來的星盜戰艦。

「敵襲——！」

操作員高聲發出警告，而坐在艦長席位上的慕容翔風則是鐵青了一張臉，不敢相信自己竟在原界發現星盜的蹤跡，而對方還是衝著自己來的！

「還沒修復主腦系統嗎？你們這些廢物到底是幹嘛用的！還沒聯絡上我們的同伴嗎？」

「報告家主，系統還需要時間修復；另一艘戰艦始終沒有傳來回應……」

慕容翔風緊張的追問，最後在聽聞操作員如出一轍的絕望消息，讓他備感焦慮。

「快派人找到我兒子並將他平安帶到飛艇停放區！」

慕容翔風邊這樣說，同時狀似就要離開，惹來其他操作員的疑慮。

「家主，您要丟下我們嗎？」

「請帶我們一起走！」

慕容翔風嫌惡咒罵：「滾開！如果不是你們太沒用，我們會被星盜追上嗎？好好的一次計畫就

這樣毀了！一群廢物！」

他指示護衛包圍在自己周身，絲毫不在乎其他人員的安危死活，利用逃生暗門離開了只剩下緊急照明的艦首區。

護衛擋住因為慕容翔風的離開而騷動不安的操作員們，讓那些操作員臉帶憤恨、高聲怒喝，更有人哀求出聲，艦首陷入一片混亂。就在此時，戰艦外傳來了沉重的金屬撞擊聲，伴隨著劇烈搖晃，讓所有人皆是臉色大變。

敵人開始進攻他們的戰艦了！

＊　＊　＊

君兒擋在紫羽面前，毫不畏懼的直視慕容吟。她看著對方雖然擺出了攻擊姿態，卻是神情輕佻，不由得感嘆慕容吟直到現在都還沒認清楚當時她說他會是個輸家的理由。

或許是身為世家少爺的地位身分讓慕容吟太過驕矜自滿，使得他總是用一種遊戲般的心情對付她。哪怕如今兩人從過去言語上的針鋒相對升級到肢體衝突，慕容吟還是輕視以待。

礙於紫羽爭取的時間緊迫，她必須趕緊將慕容吟這個大障礙解決掉才行！

事到如今，怕是不能再隱藏實力了。君兒下定決心，冷靜臉龐浮現殘酷。

「君兒……小心點。」紫羽見君兒這般慎重與決然的態度，勸阻的話語只剩下一句鼓勵。她默默的退至君兒身後不遠處，雙手交握胸前，緊張的觀看戰局。

「哼，被戴上限制手環的妳沒辦法使用水元素天賦，我看妳要拿什麼跟我打？」慕容吟語出嘲笑，卻不知道手環早就失去效用。

「真不知道該說你倒楣還是活該，不過這或許是老天要給我一個機會，讓你成為我人生道路上的第一塊磨刀石吧。」君兒因為第一次正式的戰鬥而有些緊張。先前和慕容吟在雨中對戰那時她已經體力枯竭，很多手段都沒辦法使出來；這次不一樣了，算是一絕後患，這次她將不再隱藏自己的能力，盡速解決這場戰鬥！

這一戰也注定是他們雙方要有一人倒下的決死戰局！她絕不允許有敵人在知道她的秘密以後還能夠活下去！

「磨刀石？哼，君兒小姐還是只會說大話啊……咦？！」慕容吟嘲諷回應，卻在看見君兒接下來的舉動後徹底變了臉色。

君兒眼眸燦燦，專注操控精神力，抬手召喚出一柄純由符文架構而成的符文短劍！

突兀出現的短劍由虛轉實，這一幕看得慕容吟震撼不已！

「符文凝武技巧?!皇甫君兒，妳竟然隱藏了這樣的能力!」慕容吟顯然對君兒掌控著這樣的力量而吃驚。

「很抱歉，就請你把這件事帶進黃泉裡去吧!」

君兒神情決然，她一手持劍、另一手開始憑空招出符文，將自己的狀態調整到最佳。原先的緊張轉為冷靜，此時的她就彷彿回到還在皇甫世家時，每晚與戰天穹訓練她戰鬥技巧的日子。

鬼先生從過去就一直要求她不能輕視任何一位敵人，哪怕那位敵人比自己還弱小都應該要慎重對待，大意是強者意外丟失性命的主要原因之一。

面對強敵，更應該要冷靜行事，才有可能在弱勢中尋得轉機。

慕容吟自震驚中回神，臉色變得陰冷沉重:「哼，妳以為掌握了精神力和符文凝武技巧，就能打敗我嗎?!」

君兒不語，直接以行動給出了回應。她絲毫不懼慕容吟的實力比她強大，僅因恐懼會讓人在心底就先迎接失敗，而冷靜卻能引領人發現奇蹟!

慕容吟見君兒直直攻來，心中的怒氣終於忍無可忍的爆發!手中的刺劍高舉，他不再打算手下留情，決心要辣手摧花。

君兒踏著攻勢凜冽的步伐，沒有因為慕容吟展開的猛烈攻勢而慌亂。

或許這與戰天穹殘酷的訓練方式有關，他不僅嚴厲，甚至還在磨練君兒時，利用自己一身長年由鮮血與戰鬥鍛鍊出來的可怕氣勢磨練她，為的就是讓君兒能在面對他人殺意時，能夠冷靜完整的將實力發揮而出！

第一次實戰，君兒一開始還有些狼狽，但很快就掌握住了步調節奏，甚至可以完全忽視慕容吟那渾身的殺氣。她冷靜的神色及帶有嘲弄的眼神，讓慕容吟怒火中燒，攻勢更不自覺的受到起伏的心情影響，因而有了些許破綻。

跟戰天穹不曾放水的指點一比，慕容吟的攻擊雖然招式華麗，實際上卻摻雜著許多重看不重用的浮華技巧，這僅是世家子弟為了比拚招式氣勢而創造出的娛樂技巧罷了，跟真正用於生死之間的戰鬥技巧一比簡直不值得一瞧。

雖然兩人在實力上差了一個等級，然而戰鬥意識卻是君兒較強。

儘管如此，君兒也只能與此時被怒氣操控的慕容吟勉強一戰，她身上還是被慕容吟的刺劍劃出了無數傷痕。即使沒有傷及要害，從傷口中滲出的鮮血，卻讓慕容吟神情越發血腥殘酷。

站在一旁的紫羽，緊張的看著兩人手中的利劍交錯，擊出了金鐵交鳴的聲響。君兒身上受了不少的傷，她看得心疼，卻只能在心裡默默祈禱。

「可以的話，就請發生奇蹟吧！」焦急的紫羽如此祈求著。

隱忍身上痛楚的君兒，此時正專注的閃避慕容吟的攻擊。她小心防禦著自己的要害，同時尋找著慕容吟露出更大破綻的時機。僅管操控符文劍會大量消耗她的精神和體力，但卻也是目前唯一能與慕容吟對立的手段。

「死性不改，妳難道就只有那張面無表情的臉孔嗎？」

見君兒臉色未變，慕容吟口出惡言就想使用激將法讓君兒分神；然而君兒依舊冷靜，卻因為慕容吟這樣的話語而面露嘲諷，看得慕容吟更加氣惱。

就在此時，戰艦似乎被某種沉重的物體重重撞擊因而劇烈的搖晃起來，讓人無法站穩腳步。觀望戰況的紫羽更是因為突來的搖晃而失足跌倒，原先爭鬥的兩人也因此錯開了身形。

慕容吟因為這突來的變化而分了心神，也就在這麼一瞬間，破綻百出！

君兒抓到了機會，強硬調動體內的星力，操控精神力與符文劍，就在這一瞬間出手了！

符文劍在空氣中舞出了劍光，電光石火間，鮮血飛濺！

男人痛苦的嚎叫傳遍迴廊，慕容吟修長的身軀在劇烈搖晃的戰艦中倒臥在地，捧著自己胸口被利劍割出的長長傷口痛嚎著。

「嘖，失手了……」君兒有些感嘆的埋怨著。她還是小看了慕容吟的反應能力。

但她卻沒有繼續攻向慕容吟，而是趁著他倒臥在地的時候，拉過紫羽，利用有些委靡的精神

力，勉強替兩人施放了能夠在搖晃地面上行走的符文技巧。
她甚至還來不及在慕容吟身上再補一刀，因為時間不允許她了結慕容吟，君兒只能遺憾的帶著紫羽繼續邁步狂奔。相信慕容吟受了傷，一時半刻也追不上她們。
君兒的實力不如慕容吟，若是慕容吟能夠冷靜一戰，此時的局勢恐怕可能會徹底顛倒了。
戰艦警笛聲嗡嗡作響，伴隨著戰艦外頭傳來的金屬切割聲，君兒多少猜到了究竟發生了什麼事，讓她小臉泛白。
屋漏偏逢連夜雨，沒想到她們被慕容世家抓到，慕容世家竟又遭到不明敵方襲擊？！
希望來犯者目標不會是她們這兩位大小姐才好……
倒下的慕容吟雖然胸口被劃出一道深痕，卻沒有傷到心臟，但這樣的痛楚還是讓這位養尊處優的大少爺痛苦難耐。
「可惡……皇甫君兒、妳這個賤、人……我太大意了……」
他狼狽的臥倒在地，捧心的雙手上染滿了鮮血，映襯著他猙獰的表情，無言闡述著他對君兒的恨意。這時，一雙戰靴突兀的踏在他的眼前，慕容吟下意識的就想求救，卻忽略了來人憑空出現的形式。

「是誰？我、我受傷了……快幫我……」

只是當慕容吟勉強抬起頭，視線在對上來人那雙猩紅森冷的眼眸時，卻是驚愕的瞪大眼。

他彷彿在哪看過這雙赤紅色的眼眸？

腦海忽然閃過在皇甫世家時，那總是安靜的佇立在君兒身邊的鬼面保鑣。對方就是用這樣彷彿看待死物般的冷漠眼神看著他的！

「你是……那位、鬼面保鑣？」慕容吟錯愕呆滯的詢問。

然而來人卻沒有回答他，只是揮手便詭譎的拍出一道血色大浪。

「──？！」慕容吟的驚呼聲消失在血浪之中，徹底沒了聲息。

「少爺？該死，你是什麼人！」自病房追出的護衛終於趕了上來，卻親眼瞧見慕容吟的身體消失在血浪之中，讓護衛們驚喊出聲。

那人回首，赤眸無情。一個揮手，那吞噬慕容吟的血浪就像得到了指示，朝那群護衛拍了過去……

連驚呼和痛嚎聲都在片刻後被吞噬殆盡。

隨著血浪漸漸消失，戰天穹隨後便消失在空間縫隙裡頭。

空蕩的通道只剩下一些戰鬥留下的痕跡，無聲的見證了方才的一切。

＊＊＊

星盜戰艦使用專門用來攻擊戰艦的錐刺，鑿穿了慕容戰艦的厚實鋼板後，錐刺前端分裂張開成爪倒扣，顯露出機械爪裡頭隱藏的通道。

不久後，無數的腳步聲自通道內傳了出來，蓄勢待發的星盜們終於踏上了慕容戰艦。

「安靜的有些奇怪，不過不要緊。負責搜索錢財寶物的隊伍，往戰艦左側去尋找慕容世家存放物資和財產的地方；其他人和我去右邊；剩下的人則跟著靈風——等等，那傢伙上哪去了？！」

趕到攻擊錐爪鑿出的入口處，卡爾斯冷靜的指揮手下，卻在喊到其中一個人名時，因為沒有見著那人，不禁面露錯愕。

「老大，靈風說他對慕容戰艦的符文沒興趣，就不來了。」

「什麼？！那傢伙總是這樣特立獨行！既然他這個符文師沒興趣那就算了，剩下的人各自分歸兩隊，我們出發！」

隊伍一分為二，分朝戰艦內部的兩邊通道各自前進。

「老大，艙門被封起來了。」不久後，與卡爾斯同行的手下傳來回報，同時面露困惑。「但我

們強行破壞幾扇以後，發現了一條艙門沒有關閉的通道，老大你想，會不會是那位駭客在替自己製造一條逃跑的線路？」

「在哪？快帶我去！」

聞言，卡爾斯的眼睛一亮，趕緊加快腳步跟上了前方手下。卻在進入了手下所說的那條迴廊以後，眼神一肅。

「好濃郁的血腥味……這種感覺是那頭惡鬼獨有的，沒想到他竟然也在這？」

卡爾斯劍眉一豎，敏銳的察覺到不對勁。莫非那兩位新娘之一擁有戰天穹要尋找的「星星之眼」？希望不要是他要找的那位駭客小羽毛才是，不然這樣事情可就難辦了。

「你們先去右邊看看情況，我去左側，別跟上來，前面有可怕的傢伙在那。」

卡爾斯警告出聲，同時越過手下邁步直朝血氣瀰漫的該處前進。

＊　＊　＊

在戰艦搖晃停止後，君兒解除了施加在兩人身上的符文，讓精神力得以爭取時間恢復。兩人攜手狂奔，穿過一扇扇開敞的艙門，隨著逐漸接近目標，心情也逐漸變得激動。

眼前末端的光亮所在，便是戰艦內部唯一停靠飛艇的所在，也是她們逃出的唯一希望！

快到了——

兩人不約而同加快了腳步。可當兩人跑出艙口，來到那寬敞的飛艇停泊處時，眼前所見卻讓她們徹底呆愣了眼。

君兒有些挫敗惱火，恨起了這個宇宙，為什麼總要跟她們作對。

「竟然是妳！」

早先一步抵達飛艇停靠區準備逃難的慕容翔風，驚愕的看著自通道奔出的兩位少女，顯得有些不敢置信。他在看見君兒身上的傷勢以後，神情染上嚴厲。

那是戰鬥後所留下的傷痕！

既然她能夠來到這，想必一定突破了護衛的阻攔與抓捕。看樣子，這位廢物大小姐似乎跟皇甫世家資料所說的不一樣，她隱藏了實力嗎？

「既然妳們逃出來了，那正好，我就一起將兩位大小姐帶走吧。」

慕容翔風眼帶深沉，四周的護衛得到了他的暗示，紛紛朝君兒兩人逼近。

君兒果決的拉著紫羽往艙門退去，打算先逃離這裡再說。雖然她先前戰勝了慕容吟，卻不代表她能夠打贏一群身手矯健的護衛，更何況她先前消耗了不少精神力，此刻已有些後繼無力。

只是這時，君兒身後的通道卻傳來了腳步聲，伴隨而來的是猶如被毒蛇盯上的毛骨悚然感。

「終於找到了呀。」

這帶著笑意卻有些陰冷的聲音，不知怎的竟讓紫羽感到背脊發涼。她和君兒一塊回頭，卻在看見來人時瞬間倒抽了口氣，瞪大美眸，神情驚慌的可以，就像做錯事情被大人抓到的小孩一樣。

而比對君兒的冷靜嚴肅，紫羽這副彷彿認識來人容貌的錯愕神情，自然也讓在通道上一路直追而來的卡爾斯，完全能夠肯定這位擁有紫色髮絲、神情秀雅天真的少女，就是昔日那位以他的珍貴秘密威脅他的可惡駭客！

Chapter 49

陰錯陽差

幾步上前，卡爾斯笑容滿面的就想來個「友好招呼」，卻被君兒一個箭步擋了下來。她神情嚴肅的望著來人，同時還不得不分神關注慕容族長的動靜。

君兒敏銳的察覺到眼前這位模樣清秀，身穿筆挺軍裝的金髮男子，身上有著與戰天穹極其類似，只有長年身處生死之間才會染上的可怕氣勢，那是鮮血與死亡交織出的一種無形壓迫感，在在透露著此人的極度危險。

宰了一頭豺狼，沒想到竟又陷入前有虎群、後有毒蛇的窘境，這讓君兒忍不住懷疑，究竟是不是老天又再捉弄她，用這種方式要她放棄主宰自己命運的警告？

「嗯？」見另一位黑髮的少女竟有勇氣擋下他的腳步，卡爾斯微瞇眼眸，開始旁若無人的打量眼前這位眼神堅強的少女，同時，也注意到了那漆黑深邃的眼眸之中，閃爍的點點星光。

……等等，眼底星光？！這莫非是戰天穹那傢伙找了十幾年的「星星之眼」？他之所以會混入皇甫世家，該不會就是為了接近這女孩吧？！

卡爾斯愕然的看著君兒的眼眸，神情之震驚，就像發現了什麼天大的秘密一樣。

而他這副恍若看見什麼的神情，讓君兒輕蹙起了眉頭，憂慮這人是否看見了她眼底的星星。鬼先生說過，除非星界級以上的強者，否則應無人能看見她眼底的星星，更別提就算有人看見了，也不一定知道這代表了什麼。

可眼前之人看待自己的眼神，那帶著狐疑、震驚與困惑的目光，彷彿知道這奇異眼眸所代表的意義，這讓她下意識的全身緊繃，不自覺的心生戒備。

她也不知道自己為何會擁有「星星之眼」，但在明白自己的奇異眼眸以及圖騰能夠抵禦戰天穹身上的詛咒時，她就隱約明白這可能是一種極其罕見的特殊體質。

但不難保證，有人會對她的體質有其他一些特殊的詮釋或用途也不一定。

最後，卡爾斯瞥了君兒一眼，收回了自己古怪的目光，將目光落到了紫羽身上。與之同時，他嘴角輕揚，渾身令人備感壓抑的氣勢轉瞬消失，取而代之的是與這張秀氣娃娃臉相符的溫和氣質。

這番氣勢收放自如的舉止，讓君兒心裡更加慎重，能夠做到這一點的，不是經歷無數歲月磨練，就是天生能夠控制氣勢的天才……但無論是前者或後者，對此刻的她們而言，無疑全都是敵人！

「小羽毛？」

卡爾斯皮笑肉不笑的對著紫羽開口，喚的卻是君兒未曾聽過的暱稱。這稱呼乍聽之下，怕只會讓人誤會是什麼親密稱呼呢，於是君兒看著卡爾斯和紫羽的眼光不由得變得有些古怪。

紫羽萬般尷尬緊張，在網路世界裡她就是一方大神，自然無所畏懼，只是回到現實，她終究還是懦弱膽小的少女而已。當時她只是按照君兒指示，利用各種方式邀請一些組織團體在皇甫婚宴上

搗亂，卻無意間接觸到星盜的資訊，好奇之下，她突發奇想，就想請動幾個星盜團也來婚宴上搗亂。

不得不說紫羽的奇思妙想大膽無比，她先是從網路上收集資料，觀察研究了幾個星盜團領導人的習性和特徵，無意間也在那無遠弗界的網路上查到了某人的秘密……而那個秘密的所有人，就是眼前這個看似無害，實則在通緝榜單上排行有名，殘酷血腥的「冥王星盜」卡爾斯。

於是，天真的紫羽想也沒想的，就仗著卡爾斯被自己逮住的有趣把柄，威脅利誘他從新界趕來原界搗亂婚宴……當然，為了表示自己的誠意，她還大方的將完整的皇甫世家內部資料全給了卡爾斯。

單純如她，沒想到卡爾斯竟然從這份資料以及她那與真名相差無幾的暱稱，再比對皇甫新娘的名單後，推測出了她本人的身分。

雖說卡爾斯本來就有找皇甫世家麻煩的主意，只是紫羽這一插手，可說是讓卡爾斯的目的又額外多了一個，甚至最後還讓他打起了劫擄新娘的主意！

「我我我我我不是你你你認錯人了……」紫羽聲音顫抖的回答，躲在君兒身後緊緊抓著她的衣衫，臉上有著蒼白與秘密被識破的尷尬。

她承認，她完全是因為這位看起來很不像星盜頭子的老大那個有趣可愛的秘密，所以才挑中他

的。可是她也給了他皇甫世家的資料啊，這樣應該就扯平了吧？沒想到這傢伙這麼記仇，竟然還追了上來。

殊不知，那在旁人眼中可愛又有趣的秘密，對卡爾斯而言，可說是他最大的禁忌。他可以容許手下知曉他的興趣，卻不能允許一個外人將這份興趣拿來威嚇於他！

只是紫羽在網路上的態度與現實截然不同的性格，那楚楚可憐、怯生生的氣質讓卡爾斯輕挑劍眉，心裡有些訝異，料想不到那個敢在網路上威脅他的強大駭客，在現實裡頭竟然是這麼一個嬌滴滴的小女孩兒？

就在君兒深思兩人的關係時，慕容翔風也終於認出了這名清秀男子的真實身分。儘管護衛們都守護在他的身邊，卻絲毫沒有辦法讓他感覺到一絲安全感。

慕容翔風抖著唇，看著不遠處那正在與兩位皇甫大小姐交談的金髮男子，顫著聲提出了問句：「金髮碧眼又有一張斯文秀氣的臉龐，你該不會是……『冥王星盜』卡爾斯？」

實在是因為卡爾斯那張幾乎成了專屬標誌的娃娃臉太過特殊，讓人想忘記也難。

「哦？竟然能認出我，眼力不錯。」

卡爾斯笑盈盈的偏頭朝慕容翔風看去，雖然殺意內斂，但光是那名號就足以讓慕容翔風嚇得腿軟。

雖然這位星盜惡名昭彰，但真正可怕的不是他對人類同族的劫掠，而是他在精靈戰場上，對待異族的殘暴與可怕……他同時擁有極端的惡名以及極端的盛名，雖是星盜，卻也是一個驍勇善戰的英雄。

聽到卡爾斯肯定了自己的猜測，慕容翔風只覺得心裡的希望頓時跌落谷底，而看著他似乎與兩位大小姐熟識的情景，他竟異想天開的以為這一次的遇襲，是兩位大小姐與這位星盜串通好的。也因此，他看向君兒兩人的目光自此變得森寒怨怒。

「呵呵，居然是冥王大人駕到。可惜我們沒有時間能夠好好招待，只好留下這艘完好的戰艦給您了，不曉得能否……」放我們離開呢？

只是最後那句話還沒說出口，卡爾斯便笑容一冷，開口打斷了慕容翔風的話語：「不可能。」卡爾斯毫無轉圜餘地的拒絕，絲毫不打算理會慕容翔風的請求，他殘酷的宣判了結論，神情冷漠殘忍。「我今天可不是只為這兩個小丫頭而來的，而是為了別件事。而且我打劫一向不留活口的，所以今天在場的，一個也別想走。」

聞言，慕容翔風像是聯想到了什麼，哀痛的闔上了眼，大有放棄一切希望的無奈。

「是為了戰族而來嗎？早有傳言冥王星盜非常欣賞戰族，甚至有與之結交的意思，所以一直與我們慕容世家敵對，卻沒想到竟然連在原界都沒能逃過你的追殺。」

君兒因為這句話而有些訝異，不禁多看了卡爾斯幾眼。

但見卡爾斯將注意力轉至慕容翔風一行人身上，她便趁機拉著紫羽，就想渾水摸魚的慢慢挪回那條她們抵達此處的通道，另尋一條生路逃出去。

只是她腳步才剛移動，便聽見卡爾斯淡淡的丟來一句：「如果不想死的話，就好好跟在我身邊。」

這話讓君兒一楞，乍聽之下這似乎是一句帶有命令意味的話語，但當卡爾斯逕自擋在她們兩人身前，隻身面對慕容翔風以及他身邊足有數十人的護衛時，卻像是要保護她們一樣。

君兒輕顰柳眉，有些猜不透這位「冥王星盜」的想法。

「君兒，趁這個機會妳趕快療傷，我們等等再偷偷溜走。」紫羽小心的扶著君兒的手臂，她知道君兒先前在與慕容吟戰鬥時就受了傷，此時只不過是靠著意志力強撐而已。

君兒身上的傷口還在滲著絲絲血絲。現在或許還可以活動，卻不能保證之後不會再遭遇戰鬥，所以她便順著紫羽的意思，兩人退到一個角落卻沒有離開，僅因君兒知道卡爾斯的注意力還有一部分放在她們身上。

她開始利用星力療傷，同時目光死死盯著卡爾斯，暗自猜想他的來意。

而想到之前卡爾斯和紫羽的對話，似乎他早就認識了紫羽？

君兒決定先了解一下情況，便問紫羽：「紫羽，妳認識他？」

「嗯……算吧？之前妳不是說要我暗中利用皇甫世家的帳戶資金，聘請一些組織和刺客來婚宴上搗亂嗎？我想那就乾脆把事情鬧大，於是去查了一些新界很有地位名聲的組織或團體，接著就查到了星盜，又意外查到了這位卡爾斯先生的秘密……」紫羽尷尬窘迫的笑著，似乎對自己在網路上的所為感到有些不好意思。

她有些扭捏的繼續說了下去：「然後，我就拿他的秘密威脅他，要他來新界搗亂，不過我還有給他詳細的皇甫世家內部資料哦！這樣就互不相欠了吧？誰知道……」

紫羽悄悄往卡爾斯那裡看去，正巧對上卡爾斯轉過頭來衝著她微笑的臉龐，不由得羞紅了臉，卻是尷尬鬧紅的。

「互不相欠？！」君兒在聽完紫羽的解釋之後，不禁因為紫羽的太過天真大嘆了口氣。她搗額，沒想到紫羽竟然把這件事看得那麼簡單。

「紫羽我問妳，如果我先把妳踹倒再伸出手拉妳起來，妳會對我這個人怎樣想？」君兒試圖讓紫羽理解這件事的嚴重性。

「嗯？我相信妳不是故意的，君兒是好人嘛。」

紫羽笑容燦爛天真的回應著，再度換來君兒的一聲長嘆。

「正常人都會覺得這是故意的吧……算了，妳繼續保持這樣的單純就好了。」君兒苦笑了聲，決定不再跟紫羽辯論何謂尋常人的反應。

「話說回來，那位『冥王星盜』的秘密到底是……？」提到這，君兒也難掩好奇心。

一想到卡爾斯的秘密，紫羽忍不住輕笑出聲：「是個很出乎意料的秘密唷！君兒，我跟妳說喔，這位鼎鼎大名、凶名在外的冥王星盜呀，他竟然喜歡——」

一直暗中關注著兩女的卡爾斯，在聽聞紫羽竟然想談論他的秘密之時震怒回首，惱火咆哮：「妳敢說出來我就先殺了妳們！」

卡爾斯的警告瞬間讓紫羽吞下了口中想說出的話語，驚愕怯弱的看著一臉慍色的卡爾斯，便縮到君兒身後，不敢再多說些什麼。

「是個很可愛的『秘密』哦。」紫羽用只有君兒聽得到的聲音如此說著。

但卻依舊躲不過五感銳利的卡爾斯，他惡狠狠的瞪了紫羽一眼，便又將注意力放回慕容翔風一行人身上。

君兒無奈搖頭，猜出紫羽可能做了什麼天怒人怨的事情，因此惹得這位冥王星盜的怒氣。雖然他現在暫時還沒有打算與她們為敵，但誰能保證等一下他會不會就回頭對付她們？

雖然無奈，她卻也因為這機緣巧合而有些感慨。這狀似危機的情況，其實也充滿了許多機會。

在抓緊時間治療傷勢的同時，君兒偷偷打量四周。

因為這裡是專門停放飛艇的區域，所以在兩人附近，正好有一艘飛艇停放。

君兒先是困惑為何遭遇到星盜進攻，慕容世家的成員卻沒有多少人駕駛飛艇逃脫；隨後才想到因為紫羽的病毒，這整艘戰艦幾乎停擺了的事實，而又因為她先前的指示，就算有人想要逃跑，也得先突破層層封閉的閘門才行。

再加上之後攻來的星盜，看樣子目前唯一成功抵達此處的也只有慕容族長一行人了。

回想起先前卡爾斯似乎看見她眼中星星的狀態，君兒多少也猜測出了卡爾斯的實力——那是領域已經進化成「星界空間」的「星界級」強者！

君兒在對上高她一級的慕容吟已經十分艱辛了，而「星界級」則是整整高出她四個等級！那已經不是她能夠抗衡的存在。

但她是不會放棄希望的。必須想盡辦法拚上一切，只為求得那可能存在的奇蹟。

卡爾斯雖然背對著她們，但精神力卻沒有放過對她們的關注。

他不認為兩個才三階行星級的小女孩，有能力在他這個七階的星界級強者面前脫逃。

卡爾斯打算先將眼前的雜魚全解決完以後，再來詢問那位黑髮大小姐究竟認不認識戰天穹，還

有仔細跟那位駭客小妞談談……

「呵呵，真是一石二鳥，沒想到慕容分家的家主不請自來，我要找的人也找到了。那麼，就讓我們好好的玩上一場吧！」

卡爾斯輕快一笑，活動了一下筋骨，頓時惹來護衛們的戒備與緊張。

隨後，卡爾斯神情染上冷意，腳步一踏，如一陣狂風似的直衝向眼前的護衛群！

「快、快擋住他！」慕容翔風驚慌失措的高喊著，同時在護衛的保護下往反方向的飛艇跑去，想趁亂逃跑。

護衛們盡忠職守的阻撓卡爾斯的前進，所有人都拿出最強的攻擊，不僅要抵擋卡爾斯，更想替自己爭取那一絲存活的機會！

當象徵開打的喊殺聲傳來，君兒也一扯紫羽，用先前擺脫慕容吟的符文技巧，為兩人施加了速度型的符文加快腳下速度，就想如慕容翔風一樣趁亂往距離最近的飛艇跑去！

只是，她顯然小看了星界級強者的可怕。

就在她才剛拉著紫羽邁開步伐，忽然一陣無形的威壓沉甸甸的壓在她的心口上。

君兒依靠精神力，敏銳的感覺到四周的空間似乎在瞬間產生了一絲詭譎的扭曲。

「這是……領域！」

鬼先生過去也曾施展過領域技巧，不過昔日那是用來阻隔她修煉的能量外洩以及防護；這一次則是對方將領域用在攻擊上，全然充斥著讓人顫慄的危險感受！

這樣突來的可怕壓力，讓君兒和紫羽這兩位低等級的少女直接跪倒在地。

那壓迫在心房上的無形威勢，讓人的意志幾乎潰敗。

不遠處的打鬥聲響很快就歸於寧靜，只剩下那直朝她們走來的閒散腳步聲。

卡爾斯語氣帶笑的警告著：「我說過了，不好好跟著我可是會死人的哦。」

君兒沒有回頭，仍是硬著脾氣，想要堅強的站起。只是腳下顫抖的步伐，以及她額上不斷滑落的冷汗，無一不訴說著站起究竟有多艱辛。

紫羽跪倒在地，神情早因為卡爾斯的威壓而變得蒼白失神——她嚇壞了。

「哦？在我的領域壓力底下還想站起來，脾氣倒是挺硬的嘛。性格不錯，就是衝動了些。」

卡爾斯給了君兒一個不錯的評語。他臉上的輕鬆與身後那瀰漫地板的血漬相比，就彷彿方才的屠殺與之無關似的。他身上的軍裝整潔如昔，甚至沒有染上血漬，唯獨手上把玩的匕首刀刃上的血跡，無言闡述著先前的殘酷。

君兒的意識中只剩下「站起」的意志，她性格中的固執讓她不願就這樣倒下。

卡爾斯碧眸一轉，觀望了一下四周，卻感知不到戰天穹的隱藏。難道他先前感應錯誤，戰天穹

其實不在這艘戰艦上？可先前那凝重的血腥氣息，是只有戰天穹使用他獨屬的血海攻擊方式才會留下的。

最後卡爾斯只得暫時放下尋找戰天穹的意圖，轉而目光欣賞的看著那位擁有堅強意志的黑髮大小姐：「妳是我第一個看見擁有這樣堅強意志的大小姐，但妳確定要逃走嗎？這樣妳的朋友可會落到我手中了喔。」

卡爾斯一臉笑意，走到了跌坐在地的紫羽身邊，將之強硬拉起，卻是一個反手，持著鋒銳的匕首抵住紫羽的頸部狀似威脅。

同時，他附耳悄聲在顫抖驚恐的紫羽耳邊，用只有紫羽聽得到的聲音低聲說道：「可愛的小駭客，之後再跟妳算帳，現在就先配合我，讓我瞧瞧妳的朋友意志到底有多堅強吧。」

對於擁有堅定意志的君兒，卡爾斯難得有了捉弄的興致。

紫羽乖巧的束手就擒，但身軀還是不可抑制的顫抖著。

「卡爾斯先生，請你不要傷害君兒。我當初明明就和你以皇甫世家的資料做交換了，我沒欠你什麼不是嗎？」紫羽怯怯的問著。

她這般過於天真的語詞惹來卡爾斯低低的笑聲：「妳是真傻還是裝蠢？惹上星盜可沒有一筆勾銷這件事喔。少廢話，我沒傷害妳們兩人的意思，妳就乖一點配合我，我只是想檢測一下那位黑髮

姑娘的心性，老大我可欠缺這麼一位意志堅強的女人呢。」

紫羽一聽，頓時慌了心神，驚慌警告：「你不要亂來，君兒是鬼先生的——」

卡爾斯在聽聞「鬼先生」一詞後為之一愣，眼神閃過慎重。

果然跟他猜想的一樣，戰天穹混入皇甫世家當保鑣，就是為了接近那位黑髮少女嗎？

「鬼先生？戰天穹那傢伙果然在這裡嗎……？」

「咦？」

紫羽因為卡爾斯的喃喃自語而有些驚訝，想追問細節時，卡爾斯卻忽然解除了施加在君兒身上的領域壓力。

「喂！妳——」卡爾斯剛想問話，卻沒想到君兒在壓力解除的剎那旋身朝他衝來！

「放開紫羽！」她怒喊著，同時雙手瞬間召喚出兩把符文短劍，絲毫不給卡爾斯詢問的機會，直接先行攻了過來！

她在看見紫羽落到卡爾斯手中時頓時陷入緊張，就算她想要逃跑，卻也不能丟下同伴逃跑！當下便忘了隱藏自己的實力，直接將最強的戰力拿了出來！

「什麼？！」卡爾斯原本計畫好要利用紫羽來威脅試探君兒，沒想到卻被君兒這番激烈的反擊嚇著了。

「君兒小心！」焦急的紫羽見君兒放棄了逃跑的機會，就這樣持著符文雙劍衝過來要救她，被拯救的紫羽不由得有些挫敗於自己的懦弱，同時也因為君兒這番不要命的舉動而心頭感動酸澀著。

君兒是把她當成朋友，才會這樣不顧一切的回身過來救她的！

這個念頭讓紫羽心中浮現了無與倫比的勇氣。

「喂，有事好好談——」

「你先放開紫羽再說！」君兒臉色冰冷，使出渾身解數想從卡爾斯手中救出紫羽。

「嘖……」看樣子，得先安撫這位脾氣暴躁的女孩才行了。卡爾斯在心中苦悶的想著。

而當卡爾斯作勢要持武器防禦，抬手的動作卻被紫羽誤會他打算傷害君兒，一向膽怯的紫羽心生勇氣，高喊了一聲「不要傷害君兒」，便死死的抱住卡爾斯的手臂試圖要阻止他！

「該死！別碰我的武器！」

卡爾斯驚呼出聲，吃驚於紫羽的大膽。而就在他閃神的瞬間，君兒的攻勢也轉瞬即至！

無意傷人的卡爾斯自然也無心戰鬥，只能利用領域阻擋了君兒的攻勢，技巧精湛的擋開了君兒舞動的雙劍，卻在一片混亂中，手持著的匕首傳來了割劃某物的感受，讓卡爾斯眉角一抽，神情頓時染上驚愕。

君兒更是藉此逮著機會從卡爾斯懷裡救出了紫羽！

「糟糕……」卡爾斯懊惱的看著君兒兩人，卻是對著自己手中錯手傷了人的匕首這樣埋怨著。他的武器可是塗有劇毒的！

「紫羽沒事了……紫羽？！」

君兒一手護著紫羽，卻忽然看見紫羽的嘴唇竟變得紫黑。君兒一愣，這才注意到紫羽剛才拉住卡爾斯手臂時，似乎無意間被對方的匕首劃出了一道傷口，而那道位於紫羽手臂上的刀痕，此時正汩汩流出黑綠色的毒血！

君兒猛地看向卡爾斯，他的匕首上染著血跡，卻不難看出是抹過毒素的毒匕！想到紫羽再度中毒，君兒心裡又痛又怒，痛自己竟然沒能保護好朋友，怒自己的無能為力……

「君、君兒……我頭好暈……」紫羽意識有些不清的呢喃著。

「混帳！我本來沒那個意思傷妳們的！真該死，我的劇毒可是無藥可解！」卡爾斯看著就要凋零殞落的紫羽，神情暴跳如雷，卻是氣惱挫敗。

「紫羽！」

急急喚著紫羽的名字，君兒看著因為卡爾斯的劇毒而轉瞬開始嘔出毒血的朋友，幾乎是沒有考慮的，下意識持起紫羽受傷的那一手，毫不猶豫的就想替紫羽吸出毒血！

可是當她為紫羽吐出幾口毒素之後，卻感覺口腔彷彿被火燒灼般的疼痛，那毒素竟然強烈到直

接滲透進入她的體內，讓她在不久後也跟著嘔出深色毒血！

這毒素太強烈了，沒想到僅僅只是接觸就讓她也跟著中毒。

「君兒對不起……」紫羽透過開始模糊的視線，看見了君兒嘴角溢出毒血，只能淚流滿面的表達歉意。

君兒搖頭，示意紫羽不要再說了。

卡爾斯想上前檢查她們兩人的狀況，卻被君兒的眼神給瞪停了腳步。

她反手將符文凝聚的短劍倒插地面，神情蒼白卻又無比堅毅。

「我不知道你的目的為何，但敬你是一位星界級強者，應該不至於趁人之危吧？」

君兒的話語清晰，但她逐漸失去血色的臉龐卻言述著生機的流逝。

「如果這是我的結局，至少我已經努力過了……」她低垂眼簾，隱忍著體內瀰漫的痛楚，然而最痛的不是身體，而是她的心。

一想到自己即將止步於此，那在前方未來等著她的鬼先生，想必一定會很失望吧？

她好想再見那個人一面，想要跟他說——

君兒因為此時浮現的心情而愣住了，卻是眼眶有淚。

她怎麼那麼傻？直到生死關頭，才知道自己對鬼先生的真正感情，卻沒有那個機會說出口了。

她對鬼先生原來不是親人間的依賴，而是男女之間的感情……但她了悟的太晚，這份心情怕是永遠無法傳達了。

第一次這麼畏懼死亡，不是因為夢想無法實現，而是因為她還沒能將這樣的心情傳達給戰天穹知道！

「我想再見那個人一面……鬼先生……我還有話、沒能……對你……」

紫羽已經先失去意識，君兒緊接在後也陷入昏迷，儘管她身前的符文短劍因為失去精神力的支持而消失，她懷抱著紫羽的姿勢卻沒有倒下，她仍舊挺直著背脊，傲然的坐立原地！

卡爾斯訝異君兒的堅強，對這位少女的堅定心性下了一個極高的評價。

就在君兒兩人昏迷以後，他才趕緊焦急探視她們的狀態，卻愕然發現了異狀。

「咦？竟然……奇怪，毒素變異了？」

就當卡爾斯面露深思之餘，那暫時離開君兒，為她掃蕩戰艦一切可能危害的戰天穹，在感覺到君兒的氣息逐漸消失之時，終於趕了過來。

然而他卻因為場中情境登時一愣，隨後神情哀慟的悲吼出聲。

「——君兒！」

Chapter 50

無語付出

不過只是離開一下子而已，君兒的氣息怎會變得如此衰弱？！

戰天穹料想君兒既然能憑著意志戰勝慕容吟，便打算親自為君兒解決一些可能會妨礙她逃跑的隱憂，沒想到他在戰艦上暗自抹除危害時，卻發現卡爾斯星盜團的成員，驚訝之餘的他又透過昔日在君兒精神空間中留下的印記，感應到君兒的衰弱，他這才飛快的趕了過來。

然而眼前這心碎的一幕，幾乎讓他被負面思緒侵蝕而徹底暴走。

「君兒……！」

君兒嘴角溢著毒血，神情蒼白的近乎透明。只是她緊顰的眉心以及臉上的堅定，彷彿在訴說著她永不言敗的信念。

有那麼一瞬間，戰天穹只覺得自己的心跳亂了數拍。他急忙邁步來到君兒身邊，不顧卡爾斯就在一旁，難得面露恐慌，在小心翼翼的確認君兒還有呼吸以後，這才稍微放下心口堵塞的大石。

看著君兒嘴角的毒血，戰天穹先是劍眉一豎，誤以為是慕容世家的「醉生夢死」毒發了。可當他轉頭望向卡爾斯，這位老友卻是用一種尷尬至極的神情，說出了讓他額上青筋蹦了一蹦的回答。

「哎，我真的不是要傷害她們的……只是那位紫髮女孩被我的匕首誤傷，黑髮的又自作主張想要幫她吸吮毒素，她難道不知道用嘴吸毒是很危險的舉動嗎？我的毒素光是接觸就會直接作用的。」

卡爾斯看到戰天穹一反常態的如此憂心一位陌生少女，他心裡多少有了個底子。卻是啞巴吃黃蓮，有苦說不清。

戰天穹冷戾的目光掃來，衝著卡爾斯怒聲咆哮：「卡爾斯，你竟然敢傷害君兒！」

卡爾斯連忙解釋道：「意外啊！真的是意外我敢發誓！不過，她們兩位都還沒死，毒素變異了，這表示她們還有得救的可能，你可別在這裡發作，耽擱了黃金救援時間！」

戰天穹壓下心中翻攪的怒氣，他身為卡爾斯的友人，自然對身為「劇毒之體」的卡爾斯有著深刻的了解。

常人僅僅碰觸到由卡爾斯血液提煉出的毒素，也會在瞬間身中劇毒，在一分鐘以內器官衰竭、五腑腐蝕而死。可君兒兩人雖然嘴角溢血、氣息衰弱，卻沒有立即死去，這似乎是因為她們原先所中的春毒意外和卡爾斯的劇毒融合，繼而產生了變化。

聽卡爾斯提到黃金救援時間，戰天穹毫不避諱卡爾斯，直接彎身將君兒抱起，冷聲對著卡爾斯指揮道：「還愣著做什麼？快帶著紫羽，我們上你的戰艦找醫官救治她們！」

只是戰天穹懷抱君兒的舉止，卻讓卡爾斯瞠目結舌的像是發現了什麼驚人事件一樣。

「阿鬼，你不是一向厭惡跟別人有肢體接觸嗎？怎麼……」

卡爾斯心裡浮現無數問號，被戰天穹一反常態的舉止驚得有些思緒呆滯。

以他跟戰天穹相識千年的認知，他很清楚這男人的身分以及身懷的詛咒，也因此變得極端抗拒與他人的肢體接觸，這點可是連他這個老友以及所有戰族人都無可倖免。

只是現在眼前懷抱昏迷少女的男人，那動作之順暢流利，彷彿已然很熟練這樣的懷抱姿勢，而動作間更無對懷中少女的抗拒戒心……這究竟是怎麼一回事？

戰天穹心急君兒的狀況，卻有心迴避卡爾斯這個問題。他惱火低吼道：「囉嗦！還不快點出發！若是君兒死了的話……」

戰天穹冰冷的話語隱藏著就要爆發的怒氣，他這樣直白表達怒氣的狀態，讓卡爾斯不由得多看了他幾眼。隨後便抱起紫羽，跟著已經焦急撕開空間等著他的戰天穹，一塊踏入那能夠瞬間移動的空間裂縫之中。

＊＊＊

很快的，當卡爾斯帶著戰天穹來到星盜戰艦內的醫療室時，戰天穹撕裂空間穿行而入的舉止惹來艦上老醫官的震驚神情。

這位年事已高的老醫官在看見他們兩人懷裡的少女時，馬上展現了醫生的良好特質，就像是遺

忘了戰天穹前來的方式，冷靜的安排一處安靜隱密的所在，開始為兩名少女治療。

昏迷的君兒不知道她最想見的那個人，此時正一臉沉重的站在治療儀器外，憂心的望著她。

老醫官交代完一些注意事項後便轉身離開。他識趣的沒有多問，只是落在戰天穹身上的目光寫滿了崇敬。

當電子門悄然闔上，醫療室裡只剩下儀器平穩的運作聲以及兩名神情沉重的男性。

卡爾斯顯得沉默，他審視戰天穹的目光像是看待一位陌生人。

戰天穹此時的神情不再平靜，而是帶著一絲壓抑、憤怒以及無奈。

卡爾斯劍眉深鎖，不能理解醫療儀器內昏迷的那位黑髮少女，對戰天穹而言究竟是怎樣的存在。最後，他按捺不住心裡的好奇，主動提出問題：「阿鬼，你不打算解釋一下嗎？」

他暫時放下了對紫羽的興致，反而對戰天穹此時的狀況起了興趣。偏頭看向醫療儀器內的君兒，卡爾斯細細打量眼前少女。

儘管昏迷，君兒的神情內斂平靜，有著超越年齡的堅強，連昏迷時都沒有顯露脆弱。

戰天穹沒有解釋，也不用解釋，因為他臉上的情緒變化，就足以讓瞭解他的卡爾斯明白了一切。這或許是他們彼此在熟識之餘培養出來的，屬於男人的默契。

卡爾斯心裡已是驚濤駭浪。

這頭惡鬼不會是……愛上這女孩了吧？

「我的天啊，一向寡情的你竟然……？！」他看著戰天穹給出答案的神情，不敢置信的驚呼出聲。

戰天穹沒有回應，他收斂了臉上神情，恢復了過往的面無表情。他轉頭看向卡爾斯，像是在思索什麼似的，赤眸閃過一絲深思。

「卡爾斯，雖然我不知道你為何會在此，但既然你在這，那我有件事想拜託你……」

「嗯？什麼？」第一次聽到戰天穹開口求人的卡爾斯再度陷入傻愣。

「這兩年，替我照顧君兒。」戰天穹開口，說出口的卻是過去從未有過的請託。

卡爾斯抓亂了一頭金髮，眼裡寫滿了困惑和驚訝。

「……我認識你將近一千年了，從來沒聽過你有求於我，但現在你竟然為了一個小女孩開口求我幫助你？等等，你真的是我認識的那頭惡鬼嗎？還是你的神智已經被你的心魔噬魂侵占了？我有些搞不清楚狀況了……從來沒有求過人的你，竟然會開口求我？！我的天啊！」

戰天穹嘆了口氣，眼神複雜的看了昏迷的君兒一眼，隨後旋身走出醫療室。

「跟我來吧，我把一切都告訴你。」

雖然戰天穹沒有明說，卡爾斯卻從這句話裡聽出他內心的徬徨，這男人到底是發生什麼事情

了?他不發一語，望著戰天穹的背影，眼裡有著凝重。

「……事情的經過大概就是這樣。」

戰天穹大略講述了自己這段時間的經過，雖然沒有提及自己對君兒動心的過程，只是概略提到了君兒的爺爺是戰族人以及噬魂這段時間的變化、「辰星」這個名字、君兒的神秘圖騰，可卻隱去了君兒能夠免疫他詛咒的事實，但能夠讓他將這些關鍵重點說出，足以見得他對卡爾斯的信賴。

「等等，我有些搞不清楚狀況。」卡爾斯一臉困惑，他知道戰天穹粗略帶過很多過程，但某些部分卻顯得有些莫名其妙。

「我可以理解你尊重族人的託付而不對那女孩下手，但是以我對你的了解，一向心裡只有修煉，從來不會去關注其他人事物的你，為什麼會特別注意這個丫頭?難道就因為她擁有星星之眼，還有那莫名其妙的熟悉感?這是什麼鬼?!難道你沒想過，你會有這樣的情緒是因為你體內詛咒的原因嗎?!搞不好這些情緒是屬於那傢伙，而不是你的!」

卡爾斯慎重開口，眼神嚴厲，就唯恐戰天穹是因為體內的另一道意識而錯亂了思緒情感。

「我對君兒的感情是真的，不是受到噬魂影響，而是君兒擁有的特質吸引了我。」

戰天穹如實坦承自己的心情，在說出這話時他顯得鬆了一口氣。或許只有在自己信賴的友人面

前，他才能夠真正坦承自己，放鬆的說出這些內心話吧。

卡爾斯一嘆，知道戰天穹會這麼說，也變相的說明他不想再討論這件事。或許他心裡還有疑慮，但那就是他打算自己獨自去思索面對的了。

卡爾斯聳肩，面露無奈，主動帶開了話題：「好吧，既然你一反常態出口拜託我呢，哼哼……你也知道我的規矩，老大我呢可是不做白工的哦。老朋友明算帳，相信你明白的。不過看在這是你第一次開口求我的分上，老大我很爽，勉強算你個好友折扣——一折，怎麼樣？老大我夠意思吧！」

卡爾斯嘿嘿一笑，雙手環胸，開出了戰天穹要他協助的價碼。

並不是說是老友就能無償協助的，畢竟他底下還有一堆手下要養，也是要過日子的嘛。

戰天穹瞥了卡爾斯一眼，冷淡的神情終於有了一絲變化。

他揚起一抹淡淡笑容，道：「本來我打算讓君兒在抵達新界以後四處去遊歷個兩年，不過既然你來都來了，就想辦法讓君兒留在你的星盜團裡磨練吧。至於條件，你也別跟我計較，這裡頭的東西一部分就當這次請託的費用，其他的就當我贊助你的星盜團營運吧。」

戰天穹自懷裡翻出一張卡片，隨手甩給卡爾斯。

卡爾斯動作迅疾的將之接回手裡，使用簡略的光腦系統大略瀏覽了裡頭的內容，這才露出滿意

的笑容：「難得能讓你大失血一回，這次我可贏過羅剎那傢伙了。那我就幫你照顧那女孩兩年吧，到時候一定還你一個完好無缺的她。」

卡爾斯笑容燦爛的將卡片塞回懷裡，他拍胸給出了保證，心想：僅僅是照顧一位小女孩兩年，實在是太容易了。

只是，戰天穹眼帶深沉，將未完的條件說了出口：「你別想得太簡單了。我不只是要你照顧她，我還要你以訓練一名合格星盜的方式鍛鍊她，盡可能讓君兒在這段時間內成長突破。你的星盜團裡不是有一位符文師嗎？可以的話，我希望你能請動那位符文師來指點君兒。不過，不要讓君兒知道我有介入這些，我不想讓她知道我還待在她身邊守護她的這件事。」

「啊？！」卡爾斯一愣，嘴角一扯，疑惑的再一次詢問道：「你確定要我用合格星盜的標準來訓練她？」

要知道，星盜是個極其危險且殘酷的行業，每天都在刀鋒上行走玩命，不是殺人就是被殺，但帶來的成長也是非凡的。可是，這樣一位嬌滴滴的大小姐，真的能承受得住這樣的訓練嗎？這不僅是實力上的鍛鍊，對心靈更是無比嚴苛。

「可以的話，我希望是用合格以上的更高標準來要求她。」戰天穹淡漠的提出自己的想法。對他而言，放任卡爾斯這麼好的資源不用實在太浪費了，而君兒確實也需要儘快變強才行。

不知怎的，他總對君兒的未來充滿不安，彷彿前方有什麼危險在等著她似的。他不可能永遠守在君兒身旁保護她，更害怕之後又會發生像今天一樣的事情，所以只能讓君兒自己強大起來了。

卡爾斯嘴角抽搐，他不難看出戰天穹對少女的關心與那深藏的情愫，但對方卻提出了如此嚴酷的要求，這男人不僅僅是對自己殘忍，連帶也對自己愛的人亦同。

「有時候我真的不懂你到底是怎麼想的，明明愛著，卻又這麼冷酷……你就不怕這女孩會因為這樣而討厭你？要知道，女孩子喜歡的總是溫柔浪漫的男人，真要說的話，這些你完全沒有。還有，你為什麼不讓那女孩知道你的守護？難道你就不怕那女孩在星盜團裡接觸世界的黑暗面太多，再看過這片浮華卻殘忍的世界以後，從此一去不回頭，忘了曾經在她生命中付出許多的你嗎？！」

「……或許吧。」戰天穹一嘆，神情無奈且滄桑。

「若是兩年以後君兒還記得我們的約定，希望那時的我已經有了足夠的勇氣能夠跨越我心理的障礙，我想我會勇敢去愛吧！但如果她忘了或反悔了，我也會藏起我的這份心思，默默守護她直到永遠。」戰天穹平靜的說著，就是眼裡透露出的一縷苦悶，無言的傾訴著他對這件事的複雜思緒。

卡爾斯自然不知道戰天穹與君兒之間的約定，只明白戰天穹在感情上竟表現出令人訝異的懦弱與忐忑。這讓他在心裡下定決心要暗中推戰天穹一把。

如果那女孩對他有心，相信一定也能感覺到戰天穹這番無語沉默的付出。

Chapter 51

賭約

這是她第幾次在病床上醒來了？君兒輕嘆了口氣，對這樣的情況習以為常了。從以前在皇甫世家開始，她就已經漸漸習慣病房雪白又冰冷的色調了。

只是這一次她原本以為自己就會這樣死去了，卻沒想到老天竟又意外給了她再次甦醒的機會。真不知道這究竟是在折磨她，還是鍛鍊她的一個過程？

君兒甦醒，在感覺到身體的疼痛後而發出痛呼聲來。體內的星力凌亂衰弱，更感覺不到精神力的存在，只覺得渾身難受至極。她使勁坐起身子，沒想到光是這樣就幾乎耗去她的全部力氣。

才剛從慕容世家手中逃脫，如今卻又落到了這位冥王星盜的手裡。君兒只能無奈命運的安排，也同時為了自己竟還能呼吸，感到由衷的感激。

只要還活著，總會有希望的。

君兒睜著瘦澀的眼看見了另一張病床上的紫羽，她雖然臉色蒼白，但看樣子應該沒什麼大礙，這才讓她稍微感到安心。

不久後，一名身穿白袍的老先生慢悠悠的走進病房。他見君兒已經甦醒，訝異的一挑白眉，和藹可親的揚起笑容，輕聲道：「醒來了？感覺還好嗎？」

或許是老先生特有的慈祥讓君兒想起了自己的爺爺，她臉上的冷淡有了一絲絲的冰融，卻始終沒有放下戒備。她只是靜靜的看著老先生，不發一語。

老先生和藹可親的自我介紹道：「呵呵……小姑娘別害怕，我先自我介紹，我是戰艦上的醫生，我叫休斯頓，如果妳願意的話，可以喊我一聲休斯頓爺爺。妳們兩人身上的毒素才剛剛穩定，身體還很虛弱，不過暫時已經沒有大礙了。」

「哦，對了，老大要我轉達他沒有惡意的這件事，不久後就會親自來找妳們談談。還有那位大人也……咳咳咳！」老醫生邊說，一個不小心差點透露了攸關某人的消息，卻在瞬間想起了卡爾斯的告誡，只好將意欲說出口的話語以乾咳作為掩飾，糊弄過去。

「哎呀不提老大了。這一次呀，妳們兩位大小姐可算是因禍得福哦。」

老醫師笑咪咪的說著，拿起一只裝有淡綠色液體的針管在君兒眼前晃了晃，邊解釋道：「這是能夠讓妳們加快復原的治療液，也可以暫時減緩妳們體內的春毒發作時間。」

「你說我們因禍得福是什麼意思？」君兒在感覺到老醫師並無惡意以後，配合的伸出手來準備接受醫治，同時提出了疑問。

老醫師熟練的替君兒消毒、注射，同時回答她的問題：「或許這是奇蹟吧。妳們兩人雖然分別直接與間接的接觸到老大的劇毒，但毒素卻意外和體內原本滯留的春毒混合成了一種變異的毒素。兩種毒素互相融合發生了不可預期的變化，相互兩兩抵銷了效用，原先春毒的毒性幾乎被消磨殆盡，變成只會有一次猛烈的毒性爆發。」

「而只要撐過一次毒發，春毒的毒素就會徹底失效；至於老大的劇毒，則被中和成一種能讓妳們免疫無數毒素的抗體。簡而言之，當妳們度過春毒的發作以後，妳們就擁有了百毒不侵之身……這樣妳明白了嗎？」

聞言，君兒露出驚喜交錯的神情，這可說是她目前聽到最好的消息了。這樣峰迴路轉的事態，讓君兒心裡再度對未來有了新的期許。

心頭罣礙終於放下，君兒滿足的鬆了口氣，她相信憑自己的意志絕對可以撐過毒發，但紫羽就……她看向另一張病床的紫羽，老醫師已經在替她注射針劑了。

看著紫羽顰眉昏迷的脆弱模樣，君兒突然有種不知道該拿她如何是好的擔憂。

她可以撐過毒發，但紫羽呢？以她的意志絕對撐不過的，難道最後還是只得便宜了別人？

「老先生，不曉得你們老大打算怎麼處置我們？」君兒忽然問道，她看向老人，想從他口中探聽出什麼來。

然而，老醫師只是微笑。「別擔心，老大不會傷害妳們的，這段時間就好好休養吧。」

他絕口不提戰天穹的事情，僅因卡爾斯已經在先前下了禁口令，嚴禁任何人提起與戰天穹有關的任何事情。雖然不知為何這麼做，但他們這些手下只能乖乖照做。

君兒皺眉，對老醫師先前語中意外提及的「那位大人」感到困惑，直覺老醫師似乎還瞞了什麼

事。同時她對那位冥王星盜還有所顧慮，畢竟一個拿她朋友來威脅她的男人，很難讓人相信他沒惡意。然而，看著君兒臉上的不信任，老醫師只是輕輕笑著，不打算多加解釋。

「妳們好好休息，有什麼需要就按床頭的呼叫鈕，我和其他護理人員會隨時前來協助的。」老醫師交代完畢，便拉下了病床旁的布幔，轉身離開。

君兒謹慎的猜測卡爾斯的意圖，卻始終猜不透卡爾斯的想法，只好放棄思索這件事。在病床上盤坐起來，君兒試圖利用體內的星力治療自己的虛弱，爭取早日恢復狀態。

老醫師離開病房，轉身走進一側醫療人員專用的休息室。此時這裡已被他人占領了位置，其中一位自然是星盜團的老大卡爾斯，另一位則是靜靜靠坐在椅背上閉目養神的赤髮男子。

老醫師恭敬的向兩人回報情況：「老大、鬼大人，那位黑髮大小姐已經醒來了，精神狀況良好，就是身體還有些虛弱；另一位大小姐現在還沒從昏迷中脫離，不過我想沒多久就會醒來了。」

「哦，醒來了？復原速度不錯嘛，阿鬼這就是你親手鍛鍊出來的成果嗎？」卡爾斯對君兒能在這麼短的時間內甦醒，心性還能保持冷靜一事感到訝異。

「君兒還有很多能讓你驚訝的地方。」戰天穹淡淡的說著，目光雖然沒有看向君兒所在，但精神卻完全放在病房裡那讓他心裡牽掛的人兒身上。

在君兒清醒的那一瞬間他就知道了，同時也對她的冷靜沉著感到欣慰。

「你怎麼不直接說是你教的好？」卡爾斯翻了翻白眼，一臉不以為意的說著。要知道眼前男人的身分可不只表面上那麼簡單，私底下戰天穹可是隱姓埋名的不知道教出了多少強者的可怕導師，在羅剎主持的滄瀾學院裡可是聲名遠播。

「是君兒本身就有成為強者的潛質。」戰天穹雖然不提那段訓練君兒的過程，可語詞間卻透露著對她的欣賞與自豪。

就是因為她原本便擁有一顆璀璨的心，在經過打磨之後才能散發出耀眼的光輝。

卡爾斯一臉無奈，卻不認為君兒真有那樣的能耐，能獲得戰天穹的另眼相待。

「總之，」卡爾斯站起身子，輕哼了聲：「我會想辦法讓那丫頭留下來的，無論用什麼手段，只要不傷害她就行了吧？竟然在精神力覺醒時就天生帶有極其罕見的符文凝武技巧，這樣的人才不好好磨練實在太浪費了。」

戰天穹淡聲答覆：「只要不威脅到性命就好。」

卡爾斯灑脫擺手，回道：「算啦，難得你這頭惡鬼千年來第一次動心，我這個兄弟不幫忙就太說不過去了。」

不久後，當卡爾斯哼著五音不全的小曲，轉身走進病房找君兒談事情的時候，戰天穹立即將目

光看向那位一直等在一旁的老醫師身上，眼眸不自覺的變得銳利。

「休斯頓，你之前查的那件事結果如何了？」

名喚休斯頓的老醫師因為戰天穹的問話而顯得有些手足無措。事實上，星盜團裡知曉這位鬼大人身分的人，沒一個不崇拜敬畏他的。

只是聽他問起先前自己查到的那件事，休斯頓的神情不由得變得專業且慎重。

「鬼大人，就跟我一開始懷疑的那樣，這兩位大小姐其中一位……」

＊＊＊

輕快的腳步聲伴隨著五音不全的歌聲直朝病房走來，讓君兒停止了修煉，平靜的望向病房門口。

「既然來了，就談談你打算怎樣安排我們吧。」

卡爾斯才剛推開病房大門，就聽到裡頭傳來少女冷淡的這麼一句話，彷彿已經預料到了他的到來。這讓卡爾斯不由得啞然失笑，沒想到一進來這丫頭就先聲奪人，到底誰才是主掌權力的那個人？不過他倒是覺得挺有趣的，這位少女究竟有什麼魅力能讓戰天穹為之心動的能耐？

「妳這位大小姐哪來的閒情逸致，不但沒好好休息竟然還在修煉，妳一向對修煉這件事這麼熱衷嗎？」卡爾斯將話題踢回給君兒，沒打算順著她的意談安排這件事。

「別忘了，現在妳和那丫頭可是我的俘虜。」卡爾斯抬手比了比紫羽，娃娃臉上滿是冷酷笑意。「妳們的生殺大權可是掌握在我手中，所以妳驕縱的態度可得稍微收斂一些。不然要是老大我一個不爽，妳們的小命就交代在這裡囉。」

聽聞這威嚇十足的言論，君兒只是輕顰柳眉，平靜回應：「不然你想怎樣？難道堂堂『冥王星盜』，還想威脅我們兩個手無縛雞之力的小女生嗎？」

她記下了先前慕容翔風對卡爾斯的稱呼，卻不知道這個稱呼在新界的意義。或許是無知者無畏，君兒此刻表現出來的，完全是不在乎卡爾斯威名的冷靜。

「手無縛雞之力？會使用罕見的符文凝武技巧，這樣的妳可稱不上手無縛雞之力哦。」

卡爾斯冷聲說出君兒意欲隱瞞的最大秘密，這讓君兒危險的瞇起眼眸，臉上的敵意終於不再掩飾。只是，提到君兒所擁有的技巧，卡爾斯的神情也跟著凝重了起來。他眼帶審視，冷冽如刀的視線讓君兒感到有些不悅。

「在原界是不可能覺醒精神力的，我也不認為妳會是那超級罕見的天才，能夠在修煉早期覺醒精神力。說，是誰幫助妳強制覺醒精神力的？」

卡爾斯正用他積年累月磨練出來的演技，逐步引誘君兒上鉤。而說這句話的時候，他的語氣不自覺的帶上了一絲怒氣。他因為戰天穹不顧後果，逕自幫君兒開啟精神力的事情感到惱火。那傢伙犧牲了那麼大，想必一定也沒有讓這丫頭知道。

付出若是不為人知，這要別人如何記下、如何感謝？所以他隨後刻意點出了強制協助別人開啟精神力所帶來的傷害，就是希望君兒能明白戰天穹對她的沉默付出。

「要幫別人開啟精神力，必須擁有超過星海級的實力以及強悍的精神力，但幾乎不會有人無緣無故犧牲自己的兩成精神力為別人開啟精神力的，那可是永久性的損失！對方一定是妳非常親近的存在，但既然妳身邊擁有這等實力的強者，那妳為什麼會淪落於此，那個人又是妳的什麼人？」

卡爾斯這番質問的語詞，徹底讓君兒白了臉色，一臉震驚。

幫人強制開啟精神力必須犧牲自己兩成精神力，她怎麼完全不知道這件事？！鬼先生是為了怕她擔心，所以才什麼都沒有說嗎？

直到此刻，她才知道那個人究竟為她付出了多少。

「……你說的這件事是真的？幫別人開啟精神力，自己必須先犧牲掉兩成？！」擁有精神力的君兒，自然知道精神力的修煉比星力修煉還要更加困難艱辛，聽卡爾斯這樣說，她頓時對戰天穹感到又是愧疚又是心酸。君兒顫抖著聲音這樣問著。

「我騙妳做啥？這是所有武者都知道的事實，妳大可以去打聽。也就只有妳們這些原界的低階武者才不知道這些事情。」卡爾斯看著君兒在知曉事情後瞬間蒼白的臉色，這才滿意的輕點著頭，明白自己要傳達的訊息已經如實傳達出去了。

「有沒有辦法彌補這樣的損失？」君兒急切詢問，想補償戰天穹為她所做出的犧牲，但心裡卻隱約明白，鬼先生或許要的不是她這樣的回報。

卡爾斯雙手抱胸，一臉傲慢的看著君兒，臉上的神情帶著一絲嘲諷戲謔，沒有回答。

最後，君兒默默收斂了自己的傲氣，低聲向卡爾斯開口請求：「說吧，只要是我範圍所及並且不侵犯我個人意志的事情，我都會答應的。」

卡爾斯嘴角彎起笑，知道君兒終於如他所願的跳進陷阱裡頭了。

只是卻是利用了君兒對戰天穹的一番心意，這讓他有些慚愧，但一想到老友的付出與交付，看樣子他還是得拉下面子去欺騙一位小女孩了。

「我也不欺負妳這年輕女孩，省得外界說我以大欺小，不如我們來打個賭吧？」

「打賭？」君兒困惑皺眉，眼裡有著防備。

卡爾斯揚起笑容，說出了「賭約」：「就以妳的春毒為賭注，如果妳能靠自己的意志撐過毒發……我就告訴妳。」

Chapter 52

最珍貴的秘密

「只要妳同意這份賭注，我會確保妳這段時間的安危。」

「好！」君兒想也沒想的直接給出了答案。「相信你這位冥王不會出爾反爾，就這麼說定了——不過，如果我沒有撐過毒發呢？」接著她又冷聲反問道。

卡爾斯淡淡一笑，卻說：「如果妳撐不過的話，我不介意當妳解毒的對象。身為劇毒之體的我正好缺一位百毒不侵之身的女人哦。」

「既然如此，我相信我一定能夠撐得過春毒。這不只是我對我自己的承諾，也是我對未來的堅持！」

君兒斬釘截鐵的話語如有魔力一般，讓那張還帶著虛弱蒼白的小臉上充滿了自信的光彩，那是全然信任自己的堅定意志，讓卡爾斯的笑聲戛然而止。

看著她臉上堅定的神采，他似乎明瞭戰天穹為何會為之傾心了。

卡爾斯在心中讚嘆，卻沒有表現出來。他微揚嘴角，挑釁的看著君兒，「既然妳那麼有自信，那我就看看妳究竟能不能撐過去吧。若是妳撐不過去，那就乾脆放棄逃跑，跟著我妳也不吃虧，我可是新界排行前三的星盜團團長，有權有勢有實力有容貌，真要說的話還是妳占了便宜呢。」

君兒望著他，嘴邊有著桀驁不馴的笑，「你沒那個機會的。」

「還有紫羽……」

君兒一鼓作氣就想提及紫羽，卻沒想到才剛提起紫羽的名，卡爾斯就遽然沉下臉，一臉陰冷。

「她是她，妳是妳。這女孩可是欠了我一筆算不清的債，我怎麼可能那麼輕易的就放過她？妳不要想幫助她，雖然妳們是朋友沒錯，但有時候，自己做的事只有自己可以承擔！」卡爾斯厲聲警告君兒，就是不想她介入他跟紫羽之間的事情。

君兒顰眉，不能諒解的看著卡爾斯，「我不知道紫羽到底做了什麼，但你好歹也是一位鼎鼎有名的強大星盜，就不能原諒紫羽做過的事情嗎？」

卡爾斯低哼了聲，神情冷漠的給出了回答：「就像有人拿妳最愛的人威脅妳去做一件事，哪怕去做的那件事只是一件無關緊要的小事，但那個威脅妳的人，妳會放過他嗎？！或許我的秘密對別人而言根本就是棄之敝屣的東西，對我而言卻是無比珍貴的存在！我絕不允許有人觸犯到我心中的禁區，就算她沒有惡意也一樣！」

君兒啞然無言的說不出辯解來，她看向紫羽的眼神只剩下無奈。很顯然的，以她現在的實力和地位，看樣子是沒有辦法為紫羽和這位對紫羽很有怨氣的星盜老大談條件了。

休息室裡的戰天穹在聽完老醫師休斯頓查到的消息以後，便分神依靠強大的感官暗中關注卡爾斯和君兒的對話。

在聽到卡爾斯直白的說出他一直隱瞞君兒的事情以後，心裡頓時有些惱火。不過隨後，當卡爾斯順利的將君兒引導至賭約上頭，戰天穹才明白這只是卡爾斯刻意為之的一個藉口而已。

其實，耗損的精神力根本無法透過外力補回，只能依靠自己慢慢恢復，但時間很久，以他的狀況，至少幾百年跑不掉了。可最後在聽到君兒對自己未來的承諾時，那堅定的話語還是讓戰天穹臉上露出了欣慰的笑容。

君兒，我很期待兩年後的重逢。到時候，妳會成長至何種地步？破繭而出的蝶，究竟會有多美？

他嘆息，既然知道卡爾斯的目的已經達到，那君兒暫時不用他擔心了。

此時的他，因為先前的擔憂而使得情緒有些浮躁難耐，這迫使戰天穹不得不離開醫療室，以免自己難以控制的氣息會讓君兒察覺自己就在附近。

心口壓抑沉重的感受，讓戰天穹劍眉深鎖，只得加緊腳步回到卡爾斯為他安排的房間，準備要好好檢視自己的狀態。

＊＊＊

卡爾斯在跟君兒敲定了賭約之後，又過了數天時間，紫羽這才從昏迷狀況中醒了過來。方甦醒的紫羽察覺到自己還活著的事實，不知怎的讓她感慨萬分。

「我竟然還活著……」

君兒輕笑著，來到紫羽身邊，為她整理髮絲。

「是啊，我們還活著。而且我們還因禍得福哦。」

君兒將老醫師的話語轉達而出。紫羽在聽見春毒只會發作一次就能完全解決，可君兒卻也和卡爾斯下了以春毒發作為賭注的約定，她在面露欣喜過後，神情逐漸轉為黯淡。

「春毒我撐得過去嗎？」紫羽顯得很是消沉，提及毒發她還是會感到惶恐。

「只要堅持下去，就一定撐得過去的。」君兒只能這樣安慰她了。

「哦？我來得正好，膽小的駭客小姐醒來了嗎？」

卡爾斯帶笑的嗓音自病房門口傳來，讓紫羽緊張的縮進君兒懷裡，卻又像是想到什麼似的，表情變得嚴肅：「我警告你喔，你、你不要動君兒歪腦筋，君兒已經有喜歡的人了！強逼女孩子的不是好男人！」

「呃？」君兒聽紫羽這樣說，不禁有些不明所以。

卡爾斯語氣輕佻，衝著紫羽挑釁說道：「哼，這事還輪不到妳對我說教！我和這丫頭自有協

議，妳管不著。」

「你──你這個壞人！」紫羽氣得就快要哭了，卻想不到什麼詞彙可以表達她的怒氣。

她這樣軟綿無力的咒罵，反而惹來卡爾斯開懷的大笑聲：「我是個星盜，星盜就是壞人的代名詞妳不知道嗎？當初是妳自己先找上門拿我的秘密威脅我的，打從一開始妳就應該要做好被我報復的心理準備了，笨女人！」

「我才不笨！是你太壞了！」紫羽氣惱的回應，那張牙舞爪的模樣看得君兒一陣訝異。

「這到底是怎麼一回事？」君兒問道，紫羽這才跟她解釋了一番。

卡爾斯此時插了句話：「唷，不然這樣好了。既然黑髮丫頭有了心上人，那妳要當我女人嗎？」

「不要，你這個壞人！」

卡爾斯僅僅只是一笑置之，隨即臉色變得冰冷了起來，原先的笑容也變得殘忍。

「那好啊，妳可知道，拿我的喜好威脅我的人，除了我手下以外，外人全都已經變成宇宙塵埃了。駭客小姐妳還是第一個敢這樣威脅我的人，那妳說說，我該怎樣安排妳才好呢？」

卡爾斯的話語嚇得紫羽縮著身子，讓她有些委屈的問道：「那你要怎樣才會放過我們？」

「放過妳們？」卡爾斯顯得萬般驚訝，「我從一開始就沒說過要放走妳們，只是說不會傷害妳

們而已！兩位皇甫大小姐，現在又有了百毒不侵之身，拿出去拍賣一定可以換來更多的贖金。」

「你是想要把我們拿去換贖金？！」紫羽大驚失色，一想到她和君兒兩個人費盡千辛萬苦才逃出皇甫世家，莫非又要輾轉淪落其他家族？！

卡爾斯笑得邪氣，看得君兒眉頭緊鎖，倒是紫羽像是想到了什麼似的，原本驚慌失措的眼神閃過了一絲堅定。

「君兒，妳和卡爾斯是以春毒打賭對不對？」紫羽看向卡爾斯，無意識的握起拳來，像是做出什麼決定似的。「那卡爾斯先生，我也要跟你打賭，但是是用別的條件跟你賭！」

卡爾斯面露驚訝，他看著紫羽不同於原先懦弱的堅定神情，輕哼了聲，卻問：「妳打算拿什麼跟我賭？別忘了妳還欠我一筆債呢。」

紫羽咬著唇，低垂著頭，對著君兒說：「君兒，我接下來的事可能會跟卡爾斯先生的秘密有關，可以的話，請妳先離開好嗎？」

君兒面帶擔憂，見紫羽堅持，只好給了她一個擁抱表達支持，最後又瞪了一眼卡爾斯，隨後才依照紫羽的請求離開了病房，被外頭留守的老醫師帶去別的地方休息。

卡爾斯慵懶的側坐上了紫羽的病床，雙手環胸，嘴角帶著一抹戲謔笑意，饒有興致的看著一臉堅定的紫羽，對她此刻的神情覺得有趣。

這種表情才符合那膽敢威脅他的駭客「小羽毛」。

「妳想跟我談些什麼？」

紫羽看著他，有些緊張卻不失堅持的說出了自己的回應。

當卡爾斯聽到紫羽的決定和要求以後，也不由得面露訝異，讓他開始用另一種與先前不同的有趣目光審視著紫羽。

卡爾斯嘴角彎起一抹似笑非笑的笑弧，低聲再次詢問道：「妳確定要這樣跟我賭？」

他的翡翠色眼眸閃動著深幽難辨的光輝，隨後低低的笑了起來。

「希望妳不會後悔，竟然拿君兒能不能撐過春毒來跟我賭，妳就不怕自己會率先毒發，先輸了身子嗎？」

「我不後悔，而且我相信君兒。」紫羽眼眸燦亮的看著卡爾斯，雖然有些緊張，卻有一種豁出去的堅決。

紫羽說出自己的賭注之後突然感覺輕鬆，彷彿感覺往後的困惑和對未來的擔憂也可以一同放下了似的。或許這就是自己選擇命運的感覺吧，由自己決定自己的未來與一切。

她不會後悔，只會覺得幸運。因為她還有這個機會可以決定自己的未來，不像有些人根本無法主宰自己的一切。

「至於秘密的事情我沒有告訴任何……不過，或許沒有人想得到，那位鼎鼎大名又血腥殘酷的冥王星盜，興趣竟然是收集嬰幼兒教材，準備要編寫一部空前絕後的星盜幼兒養成計畫書吧？我知道你其實很喜歡小孩哦！」紫羽因為想起卡爾斯的秘密而俏皮一笑。

「——住口住口住口！那是我最珍貴的秘密妳不要隨便把它說出來！這麼重要的事情要是被別人知道我的臉皮都丟光了！」再一次被說出秘密的卡爾斯氣憤的咆哮出聲，惱羞成怒的漲紅了一張娃娃臉。

會喜歡小孩的男人不會是個壞人吧？紫羽是這樣想的。

待在皇甫世家的那段時間裡，她在無意間查到了卡爾斯以及他的秘密以後，便因為有趣，所以悄然查探了關於卡爾斯更多的資料。

說老實話，就因為這段時間暗中的收集資料，她可以說是對卡爾斯有了淺薄的了解。或許也是因為心存好感與有趣，所以她才會刻意用這個秘密去威脅卡爾斯，要他前來原界擾亂婚宴進行。

她不後悔。

想到她和卡爾斯下的賭注，她握緊了拳，對自己終於能幫上君兒的忙而感覺自豪。

君兒，這是我唯一能幫上妳的方法了。

請妳不要停下腳步，繼續前進吧！

Chapter 53

無法面對的黑

見卡爾斯臉色不悅的離開病房，君兒趕緊趕了回去，深怕紫羽被卡爾斯哄騙談了一些不公平條款。不過，顯然她的擔心是多餘的。

回到房裡以後，君兒見紫羽神情帶笑，這讓她有些意外。

君兒憂心紫羽的狀況。畢竟在她的心中，紫羽有點過度天真，是個對人沒有太多防備的單純女孩，深怕她會傻乎乎的被卡爾斯要得團團轉都不知道。

君兒顰眉，關心詢問：「紫羽，妳和卡爾斯談了些什麼？妳沒有被那個星盜頭子騙了吧？」

「君兒妳別擔心，我當然不會和卡爾斯賭必輸的賭約囉。至少在這點上，我也學著君兒一樣，要勇敢的做出決定！這可是我第一次這麼勇敢的做出決定呢，好緊張。」

紫羽面露羞澀，卻是俏皮的揮舞著拳頭以示自己的狀態良好，然而她卻閉口不提她和卡爾斯談了些什麼，讓君兒百般困惑。

見君兒還想繼續追問，紫羽主動將話題引到與兩人分道揚鑣的緋凰與蘭身上，試圖轉移君兒的注意力：「別提這件事了，至少我們現在都平安無事不是嗎？就是不曉得緋凰她們的情況如何，她們順利逃出來了嗎？」

紫羽一捧臉龐，目光憂慮，她輕輕嘆息，對分離的另外兩人感到擔心。

君兒也是嘆息，卻是因為紫羽開始有了秘密，不像以前那樣跟她分享心事而顯得有些失落。但

因為紫羽的提起，她也想到了緋凰她們。

「可惜，我們身處的這艘戰艦和慕容戰艦的內部設計有些不一樣。」君兒一臉嚴肅的抬手敲了敲牆面，那沉悶的響聲是慕容戰艦無法比擬的。

「這樣厚實的鋼板設計，應該是戰爭專用戰艦的高硬度設計吧？而且我能感覺到鋼板裡頭有符文的力量在流動，但我卻無法破解……顯然也無法用符文劍硬是開出一道口子找到隱藏的簡易光腦系統了。」君兒有些頹喪的坐回床上，對這樣無能為力的情況感到氣惱。

「那位星盜老大也不可能讓我們接觸光腦系統吧。更別提我們在逃出來的時候什麼都沒帶，這下可真的是束手無策了。」

「君兒，或許情況沒有我們想像的那麼糟糕喔。」紫羽這一次反過來鼓勵君兒，她雖然因為先前和卡爾斯的對談還有些緊張，此時卻是溫柔揚笑，說出了讓君兒訝異的平靜話語。

「就像君兒說的，每一份危機裡一定都隱藏著轉機哦！我剛剛從卡爾斯先生那打聽到他將要回去新界的消息，所以就跟他坦承了妳我的實力等級已經達到可以通過新界時空大門的門檻這件事。希望君兒妳不會介意我把這件事說出來，因為這樣一來，我們就可以前進新界了！」

紫羽神采飛揚的模樣，讓君兒決定尊重紫羽的選擇。畢竟就像她說的那樣，這是一個轉機！

至少在春毒發作前，她們都還是安全的。接下來就是等待春毒發作，然後她憑意志力撐過這次

的打賭……但，之後呢？

「糟糕！」想到了某事的君兒登時驚呼出聲，面露凝重挫敗。「我竟然忘了和星盜老大談撐過毒發以後的事情了！我怎麼會忘了這件這麼重要的事情？！」

鬼先生為她犧牲了兩成精神力的消息讓她太過震驚了，直到現在君兒才注意到自己根本沒和卡爾斯談到打賭之後的事。若是卡爾斯不打算放她們離開，仍舊要監禁她們怎麼辦？

「君兒不用擔心，這部分的賭注我幫妳補完了。雖然不知道君兒為什麼會忘了這麼重要的事情，但是我相信一定是有更重要的事情讓妳分心了吧。不過，這部分的賭約內容就請讓我暫時保密囉……」

君兒愣然，沒想到自己竟然會有那麼一天讓紫羽為自己收拾善後而感覺懊惱。

看著君兒臉上對自己的心疼與擔憂，紫羽溫柔羞澀的回應道：「我終於可以幫上君兒的忙了，所以我很開心的唷。希望君兒不要拒絕我的幫助，我們是朋友對吧？就像君兒當初沒有鬆開我的手一樣，我也一直很希望自己能為君兒做些什麼呢！」

君兒嚴肅回應：「我是擔心妳被騙。」

紫羽靦腆一笑，羞澀的絞著手指頭：「雖然我平常只有稍稍參與君兒和緋凰的討論與計畫，但跟在妳們身邊僅僅是傾聽，其實就能學到很多事情了，只是這是我第一次學以致用，理智的分析事

情的利害關係和卡爾斯先生談判呢。我是真的很緊張，不過，這一次也請君兒相信我吧？就像妳相信我的駭客能力一樣！」

紫羽罕見的自信神情讓君兒不由得多瞧了她幾眼，最後只好壓抑住她對卡爾斯和紫羽協議的擔憂與好奇心。

「現在只能這樣了，反正無論如何，我們都要一起離開這裡前往新界的！紫羽妳才甦醒沒多久，先好好養好身體吧。雖然這段時間休斯頓爺爺都會幫我們注射能夠和緩體內毒素的治療液，但可能還是撐不了多久，得爭取趕快恢復狀態，別輸給那可惡的春毒了。」

君兒又和紫羽聊了一會，便回到自己病床上繼續枯燥乏味的修煉。

紫羽安靜的看著君兒開始修煉，對自己終於能幫上一些忙而心泛喜悅。

從以前就是君兒和蘭一直在保護她、照顧她，可是君兒擁有的特質卻特別吸引她。君兒勇敢堅強的意志力、執著夢想與永不放棄希望的堅持……這些全是她一心嚮往的特質。君兒堅定夢想的耀眼神采，成了她成長的動力，她期許著自己有那麼一天也能堅強勇敢的保護別人。

過去有好幾次，紫羽總會希望自己可以像君兒這麼堅強又自信、像緋凰一樣強悍又驕傲、像蘭一樣懂得隱忍與低調。所以，雖然其他人都說自己的駭客才能是貢獻最大的能力，但紫羽心裡卻是無比自卑，比對自己和其他三人，讓她總會不禁自慚形穢。

逃難時，君兒一次次的帶著她避開危機、甚至還為她受了傷，卻從來沒有鬆開拉住她的手。

紫羽對這樣的情誼無比珍惜，自然也不願從此絆住君兒成長的腳步……君兒應該和緋凰一樣是能夠遨翔天際的存在，跟她這個沒有依靠就不能獨活的弱小存在不一樣。

但只要一想到君兒即使經歷無數挫折，還是一直堅持自己的信念，她不由得跟著鼓起勇氣，也想讓自己活得更燦爛耀眼。

這次的決定，算是她成功踏出突破以往自我設限的一小步吧！

「君兒，謝謝妳。」我也會繼續努力的。

修煉中的君兒，嘴角悄然彎起一抹淺淺的笑弧。

＊＊＊

另一方面，剛跟紫羽談完賭約的卡爾斯就想與戰天穹分享這件事，卻在醫療人員的休息室尋覓不到戰天穹，猜想他應該先一步回到了專屬房間，便跟著尋了過去。

卡爾斯沒有敲門的習慣，直接利用自己的艦長權限開啟了戰天穹的房門鎖。只是看著裡頭的昏暗，他眉頭一皺。

「真是的，老是不開燈，就算實力能夠在黑暗中觀看事物也不用這樣節省能源吧？」卡爾斯嘟囔著，不請自來的逕自踏入戰天穹的房間。然而，他僅僅只是前腳才剛踏房內，卻感覺到一股陰冷沉重的氣息壓迫而下，那強烈的負面感受瞬間讓卡爾斯寒毛直豎。

「這種感覺是……？！」

這種壓迫心口的沉重感，就跟上次他與戰天穹見面時，戰天穹有片刻失控的氣勢極其相近。卡爾斯鐵青了一張臉，渾身戒備緊繃，就怕戰天穹出了什麼事。

「阿鬼，你還好吧？」卡爾斯壓著聲音衝著昏暗的房間出聲詢問。

這種負面的氛圍，直讓卡爾斯想到莫非是噬魂——也就是戰天穹始終不肯承認的黑暗面心魔，可能就快要甦醒了的這件事。

卡爾斯拉高了音階，急切擔憂的再一次詢問道：「喂，你至少出個聲讓我知道你的狀況吧？可別在我的戰艦上暴走啊，那可是會死很多人的！」

不久後，戰天穹的嗓音自房間深處緩慢且低沉的傳了出來，帶著一絲壓抑與凝重。

「……我沒事。」

卡爾斯強忍心頭因為被戰天穹所散發的負面氣場影響的不安心情，先是開啟了內部照明，就見戰天穹單手撐著額頭，落坐沙發上。

卡爾斯卻是因為他此時的狀態而一愣。僅因戰天穹解除了遮掩臉龐鐵灰的符文道具，而他的左側臉龐上，正閃動著詭異紅印的暗光。

「噬魂真的就要醒了嗎？阿鬼，你要不要趕緊回去羅剎那裡？只有他能夠壓抑你的心魔，不然這樣下去太危險了。」

卡爾斯勸說道，卻意外惹得戰天穹的煩躁。

「你不要老和羅剎一樣，將『那東西』稱作是『我的心魔』！那明明就是寄生在我體內的噁心東西！」

不知是不是受到即將甦醒的噬魂影響，戰天穹顯得特別焦躁，開口回應卡爾斯的語氣十分惡劣，絲毫沒了過往的平靜沉穩。

卡爾斯靜靜看著戰天穹因為憤怒而抬起瞪視他的眼。

那雙赤眸裡，左眼眼白已是化作漆黑，同時浮現一種暴虐殘忍的神情。

比對右眼的痛苦壓抑，左右眼神的極端對比，彷彿正有兩個靈魂正爭奪著軀體的主導權。

嘆息了聲，卡爾斯不再拿這個話題糾結戰天穹，但他很清楚這只是戰天穹不願承認事實的藉口而已。

羅剎對這件事解答的特別清楚。

早在戰天穹於千年前被遺跡意識寄生的那一刻開始，那外來的邪惡意識，已經逐漸和戰天穹心裡的負面與黑暗面融合了。

歲月漫漫，不知從哪時候開始，「魔陣噬魂」的意志早就和他不分彼此。

只是羅剎沒有解釋為何戰天穹是唯一被魔陣寄體而能夠存活下來的人，只說是戰天穹命中注定會發生的事。若要詢問更多，羅剎總是神秘一笑，拿出他的那套「命運論」來迴避話題。

只是因為被邪惡意識寄體的戰天穹，卻因此鑄下大錯，使得他全然無法諒解羅剎這樣的解釋，以及在漫長歲月中自己已逐漸和邪惡意識漸分光暗兩面，卻無法分離的事實。

「好好好，我不說了，但現在你還撐得住嗎？」

卡爾斯無奈聳肩，對戰天穹這樣的糾結很是無奈，雖說如果今天是他發生了這種事，想來面對事情的態度也好不到哪去，便也沒資格對戰天穹這樣的決定說出什麼好壞評斷。他又不像羅剎一樣能夠利用極其精湛的符文技巧封印戰天穹。束手無策的他，只能給予好友精神上的支持了。

戰天穹沉重的呼吸了幾次，試圖平復浮躁的思緒。

「還可以，現在的我還不能離開。我要守護君兒直到她撐過毒發，再確認一切都上軌道以後才會離開。」他聲音乾啞的說著，因為提到君兒的名字，心情再度不平靜了起來。

然而，在心靈深處翻攪的情緒，不僅包含著他的思念，同時還有另一股不屬於他的情緒摻雜在

其中——那是屬於邪惡意識噬魂漸漸甦醒的情感。

儘管噬魂還未完全甦醒，卻已經能夠影響他的思考情緒，尤其是現在他因為君兒，心情不再如過去那樣冰封淡定，以至於影響更甚。

卡爾斯面帶擔憂，卻是語氣輕佻的調侃出聲，試圖協助和緩戰天穹的情緒：「你可別在我的戰艦上暴走。我的每一位手下可都是跟了我幾百年有感情的好兄弟、好家人，你可別把他們當零食吃掉了。」

「看在你是我朋友的分上，我會在失控前瞬移離開。」戰天穹沉聲回應，壓抑的嗓音帶上一絲堅決，表明自己絕對不會傷害卡爾斯跟他執掌的星盜團。

卡爾斯臉上只餘凝重，「我總覺得你會這麼失控是因為那位擁有『星星之眼』的少女。你先暫時放下那女孩，我會確保她平安無事，春毒也不會在短時間內發作。這段時間你就全心壓制噬魂的甦醒吧。」

「……嗯。」

聽著戰天穹這有些敷衍的回應，卡爾斯知道自己的勸說他並沒有聽進耳裡。這位心思全都牽掛在慕戀之人身上的男人，要他放下思念怕是一件很困難的事。

卡爾斯最後默默退出了房間。

「情況不妙啊……」卡爾斯心情焦慮沉重，就擔心戰天穹會支撐不住。雖然嘴上說擔心自己的手下，但其實真正擔心的還是這位相交千年的友人。

＊＊＊

房間內，戰天穹冷靜卻又煩躁不已，僅因腦海裡那突兀出現的聲音。

『找到了……我的「辰星」……我終於等到妳了……』

熟悉的低啞嗓音在腦中迴盪，戰天穹很清楚那是他的聲音，卻是由噬魂的意識說出口的。同樣的聲線，因為代表性質的不同，而帶上了邪佞放肆之感。

『分開好久好久了……』

那聲音帶著三分瘋狂、三分思念以及四分遺憾，在戰天穹腦海中呢喃著。

戰天穹魁梧的身軀輕輕顫抖，隱忍著心裡因為受到影響也跟著起伏的情緒。那如同痛失了珍愛之物的哀傷絕望，讓他抑止不了心口悲愴，就彷彿自己親身失去某物一樣，心痛不已。

這樣的共鳴感受讓戰天穹感到不安，他不應該要受到影響的，因為那不是屬於他的情緒！

「滾出去，離開我的身體！」戰天穹沉聲警告。

然而他也因為噬魂的話語提及了「辰星」一詞後心懷驚愕。尤其是噬魂在呢喃「辰星」——這似乎是某人名字的時候，流露著一種思念愛慕的情緒，更讓他感到恐慌震驚。

當時他在接觸君兒圖騰的時候，意識不受控制的衝著君兒喊出了「辰星」一詞，而如今噬魂彷佛早就知曉了這個字詞一樣，這是怎麼回事？

莫非，那位「辰星」就是君兒？！

而且噬魂這樣的情感，完全是他熟悉到不能再熟悉的！那是一種渴望愛卻又無法擁抱擁有的感受！

就跟他對君兒的心情一樣。

這樣可怕的巧合，讓他忍不住心頭顫抖，唯恐跟他猜想的相同。

然而，就像察覺到戰天穹的想法一樣，那邪肆的聲線虛弱的輕笑出聲。

『你猜得沒錯，君兒就是「辰星」……不，或者該說是「辰星」的轉世。』

這個答案無疑就像個重磅彈一樣，將戰天穹炸得近乎失神。

君兒就是「辰星」的轉世？而噬魂似乎又對「辰星」無比熟悉，難道這就像卡爾斯說的那樣，他是因為受到噬魂牽引，而對君兒感到異常熟悉，進而去關注、了解她，然而才愛上君兒的嗎？

他唯恐自己對君兒的感情是噬魂的影響，而不是發自內心的真心愛戀君兒。這樣的認知讓他感

覺痛苦。

『……不要拒絕這樣的感受，因為我就是你，我的情緒也是你的……』噬魂低聲回應，冷漠的語氣裡隱藏著不被光明承認的憤恨。

戰天穹怒聲回道：「住口！你明明就是外來的意識，又怎麼說我就是你！離開我的意識，滾出去！」

『這句話你都說了幾千年還不膩？我很久以前就說過了，你之所以被我寄生而不死，是因為我是你的靈魂碎片，我根本傷害不了你！也因為靈魂差一步就能接近完整，所以你的實力才會增長的那麼快。』

『這才是事情的真相！』

噬魂再一次的訴說戰天穹早就知曉許久的訊息，卻惹來戰天穹的震怒與抗拒。

「我不想聽廢話！」

戰天穹怒氣奔騰，在這一瞬間他的意志占了上風，徹底壓制住了噬魂的意念。

就在噬魂意識要被壓制的最後一刻，它夾雜著惱火的情緒再度傳了過來，卻是聲音漸弱。

『你總還是得面對我的，你必須承認我就是你的黑暗面！如果不這麼做的話，「辰星」的結局又會再一次的發生！這一次的輪迴不能再失敗了，這樣的話她就會永遠的……消……逝……』

直到腦海裡的聲音完全消失，戰天穹只覺得心頭沉重。

因為噬魂最後的話語，他不由得有些忐忑不安。

噬魂最後一句話代表的意思，是否表示君兒未來也會遭到某種巨大的磨難？想到這，他不禁感到緊張憂慮。然而，他卻沒有那個勇氣面對過去犯下滔天大罪的自己。

他實在沒辦法承認自己過去為了權勢欲望，而任由噬魂支配自己，做出那等天怒人怨的重罪！

「我沒辦法……我不行、我辦不到……」

戰天穹雙手掩面，遮掩自己痛苦狼狽的神情。

他忽然不知道該如何面對君兒，僅因噬魂給出的消息讓他太過震驚，一時間讓他慌了手腳。

若是君兒知道了這件事，她會如何看待自己？她要是知道了自己過去犯下的罪，會用什麼樣的表情面對他？

噬魂，那是他自過去犯錯覺醒以後，始終無法接納的黑暗，這樣身負罪惡的自己，既無法去面對那樣的自己，又何談被拯救、被愛呢？

空蕩的房間裡，只餘戰天穹悲傷的沉重嘆息。

Chapter 54

向光之影

老醫師休斯頓正在替君兒兩人注射針劑，他看著針管中的液體完全注入君兒手臂，老邁的臉龐浮現了一絲無奈。

「看樣子藥物的效果已經漸漸和緩不了毒素了，妳們兩位按目前的情況繼續下去，大約會在抵達新界時空隧道前毒發。大概就在這兩到三週之間。紫羽小姐可能還好一些，因為她直接接觸了老大的劇毒，也因此毒素效用抵銷較多，發作時的痛苦和時間會比君兒小姐還要稍微晚一些。」

休斯頓甩了甩空針，神情擔憂的望著一臉平靜的君兒。

「小姑娘，妳做好心理準備了嗎？」

君兒的神情沒有任何的變化，冷靜如昔。

「我會堅持下去的。」她冷靜回答，但心情還是因為那不久後就會發作的春毒而感到沉重。她身上殘留的毒素比紫羽還強效一些。她對春毒的知識只是概略聽聞，對未知事件的不安讓君兒心神緊繃。

「如果可以知道更多關於春毒的事情就好了，這樣更能做好準備應付任何情況。」君兒低聲嘟囔，沒注意到老醫師將她的低語聽了進去。

聽君兒這樣說，休斯頓在替紫羽結束注射以後，看了看兩名少女，慈祥的揚起笑容，問說：

「兩位小姐在皇甫世家學過男女之事了沒有？」

而回答他問題的，是兩位少女不約而同緋紅的臉龐，這讓他無奈一嘆。

「真是，皇甫世家在這點上還挺古板封閉的呀……不如我找團裡的女性來跟妳們詳細談談男女之事，順便讓對方跟妳們解釋春毒發作時可能發生的情況，讓妳們先有個底子。不曉得兩位小姐意下如何？」

「可以的話，就請休斯頓爺爺幫這個忙了。」

君兒笑著答覆，只是神情卻有些尷尬。她這樣帶著淡淡羞意的神情惹得休斯頓呵呵直笑。

似乎是因為皇甫世家為了防止大小姐對男女之事產生探究與好奇心，所以一向對這類的知識十分封閉。大小姐們除了被指導基本的女孩事以外，對男性一點也不了解，更別男女之事了。

「那我過段時間會找團裡的女性來跟妳們解釋的。不過，兩位小姐也到了該了解這些的時間啦！早點知道更能夠保護自己，只有好處，沒有壞處。」休斯頓一邊收拾醫療器具，一邊像對待自個孫女一樣，溫柔的摸了摸紫羽和君兒的腦袋。

他臉上和藹慈祥的表情，讓君兒想起了自己的爺爺，表情跟著變得柔軟。

只是想到了爺爺，君兒忍不住又想起了鬼先生。心情因為思念而微微泛酸，但她只能握緊雙拳忍下落淚的衝動。

固執如君兒，寧願自己品嘗自己的淚，也不願被人看見她的脆弱。

雖然實際上和鬼先生分開的時間不長，卻因為這段時間所經歷的一切，讓君兒有種度日如年的錯覺，不免懷念起鬼先生的溫暖懷抱。

「鬼先生不知道現在在哪……」她嘆息，眼神因為想念而顯得有些朦朧。

聽君兒提起了戰天穹，紫羽忍不住提出了自己以來存有的疑問：「對了，君兒，阿薩特先生不是說會跟鬼先生一起去破壞『靈魂誓約』的核心，這樣他們就可以擺脫契約的束縛來幫助我們了。我知道阿薩特先生一定是去幫助緋凰了，但為什麼鬼先生沒有來幫助我們呢？」

紫羽不解為何戰天穹在擺脫契約束縛後就消失，明明他是君兒的未婚夫不是嗎？但直到現在他都沒有出現過，就彷彿失蹤了一樣。

雖然君兒本人似乎還不明白鬼先生對她的呵護寵愛，旁人倒是看得一清二楚。他表現出來的溫柔隱藏在尋常平凡的生活瑣事中，沉穩且溫潤的情意。這點可是讓紫羽看得很是羨慕呢。

只是，這樣愛著君兒的鬼先生為何……

「該不會是出了什麼事情吧？」紫羽神情染上擔憂，隨即想到若是自己這樣負面思考怕是會影響到君兒，又改口說：「還是鬼先生被其他事情給絆住了？」

君兒輕輕搖頭，說出了她和戰天穹之間的約定：「鬼先生沒事，是我和他約定好了，要靠自己的力量逃出來，不依靠他的。我不想成為一個什麼事都只會依賴別人的女孩子，別忘了我的目標可

是成為新的人類守護神呢，可不能因此養成過度依賴的壞習慣！」

「只是，卻因此拖累了紫羽妳，我真的很抱歉。如果當時我有小心注意到我們被人跟蹤就好了，要不是當時我疏忽了這點，我們早就搭上飛艇逃走了。」君兒先是堅定，隨後因為自己和戰天穹約好要他不要出手的約定，因此拖累紫羽而讓她有些消沉。

「沒關係的，君兒的信念很棒呀。而且我相信我們都會因此成長的，就像君兒說的一樣，前面有難關我們也要勇敢跨越，對吧？」

紫羽諒解的笑著，善良的她絲毫不怪君兒和鬼先生做了那樣的約定，反而還覺得君兒很勇敢。而且再一次聽見君兒的遠大目標，她也為此表示讚嘆與祝福。

「我相信未來的君兒一定是一位很強大的守護神喔！祝福妳可以成功，我也會替妳加油的。」

「紫羽，謝謝！我會繼續努力的！」

得到了紫羽的諒解，君兒心裡有愧，卻也更堅定了成長的信念。

總有一天，她一定能夠實現夢想！

＊＊＊

不久後，老醫師休斯頓就請來一位身材火辣高眺的性感美人，來到君兒兩人的病房。性感美人有著一頭燦爛金髮，神情卻有著星盜特有的狠辣。她饒有興致的打量君兒兩人，邊露出了玩味笑容。

「老頭，這就是老大抓回來的那兩位皇甫新娘嗎？真是稚嫩可愛的小女孩，讓我來猜猜，是哪一位大膽的答應老大要以撐過毒發這個條件為賭的呢？」

美人的目光在兩人身上轉了一圈，很快就落在神情平靜的君兒臉上，看著君兒臉上的堅強，很快就得出了答案。隨後，她瞧見君兒眼裡的困惑訝異，自然知道君兒在疑問什麼。這個目光她在很多人眼中看過，那是對於女性為什麼會選擇成為星盜的疑惑目光。

「很好奇我為什麼能夠在星盜團中立足嗎？」女人低聲笑著，直言不諱的正中君兒內心所想的疑惑。

畢竟，女人要在一個都是男人的世界立足，必須要拿出相對等的實力或才能才行。君兒憑著感應，哪怕眼前女人的實力比她還強大，卻多少能猜測出個大概——性感女人的實力大約和阿薩特平齊，為五階銀河級，然而這在星盜團裡頭，可說是排名較後的實力。

只是，觀察力細微的君兒卻看出了一些尋常人可能不會注意到的細微小事：這位女性身上穿著的裝束正式嚴謹，跟尋常星盜的裝束截然不同，俐落大方的款式造型、色澤鮮豔的緞面布料，在尋

常星盜之間特別突出。

這樣不同於尋常星盜的裝扮，也變相代表了她在星盜團內的身分地位，而這絕對不是只有那張容貌才讓她擁有了這些，想必還有其他更深層的理由讓她能夠得到這種特別對待。

君兒點頭同意了女人的問題，眼眸流露好奇。

美人嬌柔一笑，那性感成熟的風情讓兩位少女看得有些失神。這樣成熟的女人姿態，可是連年長的緋凰也未曾擁有的。

美人接著說：「我啊，因為體現了我無可取代的價值，所以今天我才能站在這裡，而不是淪為星盜的玩物。」

邊說，美人忽然抬指托起君兒下顎，她打量著君兒那張清麗容顏以及她眼裡的堅韌，眼裡有著欣賞與淡淡的嘲諷。早先聽聞老大和這位女孩的賭注，她怎樣也不相信這位大小姐有那個能耐能夠贏過這場賭注。如今不過是因為好奇，所以才答應休斯頓來為兩位大小姐解答男女之事，順道見見兩位小女孩而已。

「小女孩，雖然我不知道老大為什麼會破例跟妳們打賭，但是想要在星盜團裡保護自己，就要體現妳無可取代的重要價值，這點跟男人相處也一樣。只有這樣，才不會淪為男人的附庸哦！」

美人拋了個媚眼，動作優雅的落坐紫羽的病床上，舉止輕佻的也戲弄了紫羽一番，惹得紫羽臉

紅不已。

「那麼，想必妳就是那位膽大妄為的，拿老大的秘密來威脅他的駭客小姐囉?真想不到竟然是這麼一位天真秀麗的小美人。真是的，難道妳之前沒有先研究過我們老大的性格再採取行動嗎?他這個人吶，只要一扯上他的寶貝秘密，就會像是被踩了尾巴的毒蛇一樣，絕對會追妳個上天下地，不磨死妳不罷休……妳還真是自討苦吃。不過我佩服妳的勇氣，能把老大氣成那樣，妳也稱得上是空前絕後了。」

美人在調侃紫羽一番後不忘讚美她的勇氣，讓紫羽尷尬的羞紅了臉，只是小臉上卻也是滿滿的無奈。

接著，美人嫵媚的一撩金髮，自我介紹道：「我是漢諾雅，卡爾斯老大的副手，也是這艘戰艦的副指揮官，以後請多多指教囉。」

君兒先是因為漢諾雅的身分而感到訝異，沒想到這樣一位大美人竟然是戰艦的副指揮官。

漢諾雅不再多提其他，直接坦蕩的為兩位少女來了一場詳細又精闢的「健康教育」。

＊＊＊

卡爾斯再一次來到戰天穹的房門口，他猶豫了一會，還是踏了進去。

上次的負面壓抑感已經消失，卡爾斯這才放下心口大石。

卡爾斯很快就找到狀況已經好到能夠站在窗邊仰望星星的戰天穹，儘管他的臉色難掩疲倦，但至少先前那瘋狂的模樣已不在。

「阿鬼，沒意外的話，那位擁有『星星之眼』的女孩會在之後兩到三週的時間內毒發。你真的不想見見她，或是讓她知道你就在一旁守護她嗎？」卡爾斯對戰天穹傳達了這份消息。

「嗯。」戰天穹只是淡淡的應了一句，卻絲毫沒有打算跟君兒坦承相見的意思。

他望著窗外，思考著噬魂最後的話語，心裡滿是糾結難解的情緒。

他想見君兒，但不是現在。

「『嗯』？就這樣？」卡爾斯因為戰天穹簡短疏離的回應而傻愣當場。

「那女孩還是處女吧，一個未經人事的小女孩，你難道就不擔心她？」

卡爾斯提出自己的想法，然而戰天穹卻像是鐵了心似的，沒有任何回應，冷酷的就像不在乎君兒一樣。

只有卡爾斯明白，戰天穹越是表現的冷漠，其實更意味著他極端的擔憂，也因為就是這樣過度的擔憂，所以才會選擇隱忍與避而不見，省得自己會一時忍不住而伸出援手。

「唉，你這個人啊，從以前就是這樣，從來都不解釋、不表達自己的關心、不表露自己的情緒，所以才會讓那麼多人誤會的。」

「……其他人要怎樣想與我無關。」戰天穹冷漠回應，他因為卡爾斯的關心而表露不耐。「你說夠了沒有？說完了就讓我自己一個人靜一靜。」

「幹嘛？不要連我的關心都拒絕好不好？我都跟你認識那麼久了，你少在那鬧彆扭，我知道你只是覺得自己『不值得』別人這樣關心你而已，悶騷鬼。」

戰天穹回以一抹惱羞的瞪視。

卡爾斯冷笑了聲，同時無奈搖頭，繼續說了下去：「還有啊，君兒算『其他人』嗎？你就不擔心她會如何看待你？什麼都不說，誰會知道你付出的一切？如果不是有我這位能為你兩肋插刀的好兄弟，那位小妞怕是永遠不會知道你為她做了那麼多吧！」

「……你不要多管閒事。」

「呿，等你哪天不要像個彆扭小男孩一樣讓我這個兄弟擔心，我就考慮不插手你的事情。」

卡爾斯調笑出聲，頓時讓戰天穹皺起眉頭，冷哼了聲便不再作答。

隨後，卡爾斯走到戰天穹身邊，重重的拍了拍他的肩頭表達自己的鼓勵，想當然又被戰天穹瞪了幾眼。

「對了，你不是說『星星之眼』擁有一枚奇異的圖騰嗎？那圖騰據說與羅剎擁有的圖騰相類似，搞不好那女孩跟羅剎一樣能免疫你身上的詛咒也不一定。」卡爾斯無意間想起了這件事，乾脆就拿出來鼓勵戰天穹勇敢追愛。

而戰天穹在沉默了一會以後，才喃喃道出他一直沒有告訴卡爾斯的事。

「君兒，擁有免疫噬魂詛咒的能力。」

「……什麼？真的假的？你再說一次？！」

卡爾斯原本只是胡亂猜測，卻沒想到在得到戰天穹的肯定之後思緒有些停滯。

他驚呼出聲：「我的天啊！既然這樣那你還在糾結什麼？！等了幾千年才等到這麼一位能夠免疫你的詛咒，正巧又是你愛的對象，這種機率要上哪找去？！簡直就跟小嬰兒一生下來就擁有守護神實力一樣的不可思議！」

卡爾斯大翻白眼，額側青筋浮現，有種忍不住想把戰天穹抓起來暴打一頓的想法，不過以兩人之間的實力差距，搞不好情況會是他被戰天穹追殺也不一定，所以還是算了。

強制忍下心中的怒氣，卡爾斯咬牙切齒的瞪著眼前的男人，對他的想法百般不能理解。

先不管戰天穹是如何愛上君兒的，但既然愛了，對方又擁有這樣的特質，這完全就是宇宙替他量身訂做，完美契合他的伴侶！

為何這樣他還打死不肯勇敢去愛！

這男人哪怕實力強悍卓越，面對感情為什麼卻是這般的膽小懦弱！

「我、我真的會被你氣死！」

對於老友這樣罕見的懦弱，卡爾斯可說是鬱悶至極。勸說嘛，戰天穹完全就是顆爛石頭，怎樣也聽不進去；來硬的，他自己又打不贏。看樣子只能從君兒那丫頭身上下手了。

戰天穹冷漠的看著卡爾斯那連連閃爍的眼神，怎會不知道他在打些什麼鬼主意？他馬上沉聲警告：「如果你敢跟君兒談論關於我的事情，信不信我把你關進我的星域空間，讓你跟噬魂那傢伙親近一番？我相信噬魂會對活人很有興致的。」

卡爾斯一聽，馬上連想到戰天穹那片由血海黑天架構而成的星域空間，以及被封困在其中的邪惡意識，不由得打了個寒顫，原本怒氣沖沖的臉龐瞬間像是被澆了盆冷水似的，頓時涼了下來。

「算你狠……」

摸摸鼻子，卡爾斯只能無奈打消想對君兒下暗手的決定，只是心裡始終沒有放棄。明的不行，那他暗中私下向君兒透露戰天穹的事情總行了吧？

戰天穹嘆息了聲，收斂了怒氣，再度用平靜掩飾自己的不平靜。

「卡爾斯，不要去干涉君兒的成長，我們可以關注、可以守護，但不到緊要關頭絕對不能出

手，因為只有這樣，她才能成長的茁壯堅強……哪怕她是我愛的人也一樣。」

卡爾斯揉著額心，是真的不知道該怎樣勸說戰天穹了，他在這方面的固執可說是宇宙毀滅都改不了的死性子，但也因為如此，由他指導的學生才會一個個強得可怕。

但是連對愛人都這麼殘酷，這可就說不過去了。

嚴苛，這可以說是戰天穹的缺點，也是他的優點。

「身為你的死黨，我也只是希望你終有一天能夠原諒自己，卸下千年的重擔和自責，可以去愛不就是一件很幸運的事情了嗎？」卡爾斯喃喃自語。

其實他自己又何嘗不是如此呢？就某種程度而言，擁有劇毒之體的他，跟身懷詛咒的戰天穹是同一類型的人。

在絕望之中看過太多，總還是會渴望被愛，卻又不能去愛、不敢去愛。

人總是矛盾的，嚮往光，卻又害怕自身的汙穢……

「……我有那個資格嗎？」戰天穹低聲自語。

一時間，房間內的兩人不再言語，彼此只是靜靜的看向窗外，沉默思索各自的心事。

良久後，卡爾斯安靜的轉身離開，戰天穹獨自一人佇立房中，臉上寫滿痛苦。

「君兒，愛妳的究竟是出自於我的真心，還是噬魂意念的影響？」

他先前很肯定的跟卡爾斯說明自己的情意來自於自身，但如今在知曉君兒就是「辰星」，就是那與噬魂息息相關的存在之後，心也跟著亂了。

Chapter 55

午夜夢迴

隨著毒發的日子漸漸逼近，君兒開始感覺全身躁動不安。最後因為心情始終無法平靜，而暫停了一向堅持的修煉，這讓君兒心情更是不悅。

因為先前漢諾雅對春毒發作反應的解釋，那鉅細靡遺的描述讓她和紫羽羞澀不已。

原本在閒暇之餘她也會想起戰天穹，現在可能是隨著毒素逐漸甦醒，僅僅只是想起，君兒就覺得渾身燥熱，一種難以描述的陌生感受升起，讓她感覺無助。難怪說春毒是能夠摧毀一個人意志的可怕毒藥，還沒真正毒發就讓人浮躁不安，在毒發前就先衰弱意志，在毒發時再讓人徹底崩潰。

「君兒妳還好吧？」紫羽擔憂的看著君兒，神色緊張。

君兒臉上泛著不正常的紅潮，額間卻滑落冰冷的汗水，神情已不再平靜，難受的顰起眉頭，承受著春毒正式發作前的折磨。

看這個情形，老醫師預料君兒就會在這兩、三天內正式毒發，讓兩人繼續待在病房裡頭，彼此好有個照應，只是紫羽看著君兒這樣難受的模樣，自己卻什麼都不能做，除了驚慌和言語支持以外，心情也是無助苦澀。

「還可以，只是現在身體裡有一種很奇怪的感覺而已，很痠很痛，我不太會形容。」

君兒深吸了口氣，對紫羽露出一抹安撫的笑容，「別擔心，我撐得過去的，就當磨練心志。妳先睡吧，有什麼事我會叫醒妳的。」

紫羽擔心君兒的情況，沒有因為她的安撫而自顧自的去睡覺，卻是守在君兒床邊，用這樣的方式表達關心。

大汗淋漓的君兒疲倦的闔上眼，試圖用一場睡眠來度過這難熬的時光。

疲倦和身體的難受感讓她難以入眠，但今天卻反常的，在瞬息間她的意識彷彿跌入大海，片刻後就陷入深沉的昏睡之中，同時也陷入一場似真非真的夢境之中。

在夢裡，她夢見自己是一位名為「牧辰星」的女人……

＊＊＊

女人手裡捧著一只墜飾，那是一只雕刻精細，由一對羊角螺旋蜿蜒而上的雙角柱。鐵灰近黑的色澤上頭，刻印著無數詭麗的紅色楔形文字，充滿一種黑暗風格的特色。但因為墜飾僅有女人的小指兩節長度，精巧墜飾的黑暗風格反而因此變得迷你可愛。

女人晃了晃手中的墜飾，對眼前贈送她這份禮物的男人揚起一抹苦澀笑容。

那種淡淡心痛的感受傳了過來，讓君兒覺得有些訝異。她知道她在作夢，而夢裡，她就是那位鬼先生曾經喊出的名字主人，「牧辰星」。

意外的是，她竟然在瞬間就明白了自己曾是此人的事實，心裡絲毫沒有抗拒牴觸。只是夢見這段過去，她卻有一種情緒無法代入的旁觀感受，就像是以第一人稱視角在觀看一部影片一樣。

「謝謝……這東西叫什麼名字？」牧辰星哀傷的把玩手中的墜飾，低頭不願再看那令她心痛的容顏。

「它叫噬魂，不過妳可以替它取別的名字。」男人低聲說著，語氣有著一絲難解的沉重。

「辰星，我很抱歉……」男人隨後出言道歉，帶著一絲飄忽與愧疚。

牧辰星抹去了眼角不經意滑落的淚，昂首看向眼前的男人。他有著一張略帶邪氣的神情，上揚的丹鳳眼曾經用溫柔愛憐的眼神看著自己，如今只剩下對待妹妹般的寵愛以及滿滿的愧疚，但更多的是讓她心痛的疏離。

為什麼會發生這種事情？牧辰星痛苦的在心中自問著。

「那件事」的發生讓她近乎崩潰，再加上她本來就不是個堅強的女孩子，有好幾次在午夜夢迴時，總會偷偷起床獨自哭泣。她不懂為什麼這個世界要讓她承受這樣的傷害。

手中把玩的墜飾因為染上她的體溫，原本猩紅的字符逐漸亮起了微微光輝。一道突兀的聲音傳進了腦海，並不是真正聽見聲音，而是有那麼一個人直接在腦海裡跟她對話一樣。

『誰……妳是誰……』

隨著陌生的嗓音起落，墜飾上的紅芒也跟著忽明忽暗，像是在呼應似的。它的語調冰冷，卻帶著一絲茫然的感受，彷彿才新生的意念一般，對著世界懷有一種好奇和探究。

同時，它也對牧辰星感到一種依戀與親切，而牧辰星亦是如此，對這個奇妙的墜飾感覺親近，彷彿彼此就是互相熟識許久的存在一樣。

她先是訝異，隨後卻是沉默的接受了這樣的奇異飾件。

送她這份神奇禮物的男人，擁有的力量已經不是平凡人所能理解的範疇。或許過去的那個人早在出意外那時就死了，如今這具身軀裡頭，裝著的是另一位陌生的靈魂也說不一定。

「噬魂能夠替妳阻擋災難。現在它的意識才剛誕生不久，必須要花些時間培養，等它逐漸成長起來，還可以保護妳。」男人平靜交代，眼裡閃過牧辰星看不透的陌生情緒。

「嗯。」將墜飾戴上，牧辰星勉強自己扯出一抹微笑，卻讓男人輕輕嘆息。

「雖然這是一個失敗……不，我是說不完美的作品，但是它可以代替我陪伴妳。一切都會沒事的。」男人感嘆說道，隨後就像個兄長一樣，溫柔的揉了揉牧辰星的髮絲。

「這一切或許是命運的安排……讓我……再一次的、遇見……」

男人的話語變得支離破碎，君兒眼前的畫面忽然毫無預警的停滯，然後徹底崩潰！

就在一片混亂之中，許多記憶的碎片如同一張張照片或是停格，或是快轉，混亂的讓君兒感覺

頭暈目眩。接著畫面驀然停下，暫停在一個牧辰星對著一位容貌與她相仿的女人崩潰大哭的畫面。

君兒忽然覺得那個女人的容貌有種熟悉感，卻暫時想不起在哪看過。

「為什麼是我？！」牧辰星悲痛的哭吼著，臉上的表情只剩下絕望。

站在她對面的女人面帶悲戚，上前拉住就要哭軟雙腳的牧辰星。

「辰星，不要這樣！我們會陪妳一起面對的，哪怕世界毀滅。」女人緊緊抱著牧辰星，哽咽的將這段話說出口，卻被狠狠推開。

牧辰星踉蹌站起，搖搖晃晃的怒指蒼穹，悲憤的對著無盡的天空大喊：「為什麼是我？為什麼要由我來決定世界的存亡？我才不是什麼『終焉魔女』！我不要當那個將世界毀在手中的罪人！」

隨後牧辰星跪倒在地，放聲大哭。

她心中深切的情感透過夢境傳進了君兒心裡。那沉重的怨恨與怒氣，有對自己痛失愛人的悲，有對無能抵抗命運的痛，有自己必須乘載這些的恨……讓君兒一時之間感覺到了難受。

這支離破碎的夢境讓君兒有些摸不著頭緒，卻也明白或許是時候到了，一些應該被她知曉的過去就要展露封印的一角，於是繼續沉默的關注這場夢境。

只是牧辰星悲憤哭吼的那句話所帶來的沉重感，深深的壓在她心頭上，怎樣也沒能散去。

而這場夢境似乎不打算讓她再看到更多似的，關於牧辰星的記憶開始加快流逝速度，讓君兒沒

有機會記下更多。唯一讓她記住的，是牧辰星的記憶裡，有很多都是跟那個奇異墜飾對話的畫面。

『辰星，快告訴我「愛」是什麼東西！可以吃嗎？長什麼樣子？吃起來是什麼味道？有比靈魂美味嗎？』聲音好奇的問著，墜飾上的紅芒也一閃一閃的。

隨著時間經過，墜飾新生的意識也逐漸成熟起來，但是對這個世界的事物還有不了解的地方，於是便有了很多讓牧辰星啼笑皆非的提問，但不得不說，這個總是愛提出奇怪問題的墜飾，確實成了心中始終沒有釋懷傷痛的牧辰星唯一的安慰。更別提這墜飾還會安慰人跟說好聽話呢，就像朋友和親人一樣的親近，讓牧辰星越來越喜歡這個奇妙的「朋友」。

「愛呀……」提到這個字詞，牧辰星又哭了。她的心理承受能力很差，再加上感情創傷讓她幾乎崩潰，更別提後來知道自己將成為決定世界命運的關鍵。心靈脆弱的她，背負了太大太多的責任，於是一天天的，她越來越萎靡衰弱，精神也變得更差。

「愛，應該是你跟某個人在一起的時候會快樂，見不到的時候會想念，失去的時候會痛苦的東西吧。」

她抽泣著，讓墜飾像是感受到她的難受一樣，紅芒變得暗淡。

『辰星不要哭，妳哭的話我也會跟著難受。』

「嗯，我不哭。」

抹去眼淚，牧辰星繼續跟噬魂解釋更多關於「愛」的含意。當然，講到自己難過的事情還是忍不住會滑下眼淚。最後，噬魂突然冒出了這麼一句話。

這個墜飾的意識，非常慎重、嚴肅並且認真的這麼說：『嗯……那我想，我應該已經愛上辰星了！因為看妳難過我會心痛、會想安慰妳，看妳開心我也會開心，我喜歡看妳笑，我希望妳能幸福……啊，我可以當讓辰星幸福的那個人嗎？』

像是忘了自己本是非人的事實，噬魂語帶欣喜的說出這段話。

牧辰星因為墜飾用無比認真的語氣說出這句話而破涕為笑，卻面露哀傷：「我們是不可能在一起的，噬魂，謝謝你的愛。現在的我怕是愛不了人了。」

『為什麼？為什麼我們不能在一起？為什麼妳不能愛我？』噬魂惱火的低咆，傳來一縷傷心的意念。

「如果我還有下輩子的話，你又能成為人的話，或許我們還有機會吧。」

牧辰星帶著絕望的語氣，彷彿透露著自己此生已然無望的麻木，那哀痛大於心死的感受，讓噬魂陷入沉默。

記憶的畫面再一次滾動起來，隨著那飛掠畫面逐漸有更多的黑暗覆蓋，君兒心中也浮現了一絲

不祥預感。

最後的記憶，停在噬魂痛苦與悲憤的意念傳來的那瞬間。

君兒就像一個局外人一樣，從牧辰星的視角離開，成為一位觀望者，遠遠注視著牧辰星最後發生的一切。

那已經不是尋常人類的戰場了。

在宇宙、在無盡的星星之間，那原本懦弱不自信的牧辰星，像是著了魔一樣，眼神只剩下毀滅一切的絕對冰冷，神情竟是藐視一切萬物的傲慢。

她身後有著一對美麗的虛幻蝶翼輕顫，正在動用強悍的力量毀滅所見的一切。

然而，君兒卻聽見牧辰星的心在吶喊、在哭求。

那令人哀痛的絕望哭聲，讓人心碎壓抑。

——殺了我！拜託，殺了我！

「對不起，辰星。」

男人的聲音突然出現在君兒的虛影旁邊，讓她悚然一驚的回首，卻發現只是自己的位置正好落在男人出現的地方，男人並不是在對自己說話。

那是先前將噬魂贈予牧辰星的那個男人，只是此時的他，容貌卻與過去有了變化。昔日的黑髮黑眼化作白髮金眸，神情更比過去冷冽十分。

男人身旁站著一對男女，一位是神情空洞、金眸藍髮的稚嫩男孩……而看著這熟悉的男孩，君兒忍不住驚呼出聲。那是曾在她夢境裡出現過的，她的哥哥！

而當她看向女人時，她這才終於明白，為何她會對牧辰星身邊出現的女人有種熟悉感。此時這個女人的模樣也與先前有了些微變化，她背後閃動著符文的光輝，凝聚成一對符文蝶羽，原本漆黑的眸色轉為豔紫。看著那熟悉的眼眸顏色，君兒過去模糊的母親容顏，在這瞬間清晰了起來。

……媽媽？！

君兒震驚至極，想要看個仔細，只是記憶似乎沒打算讓君兒有時間探索這些而阻止了她。

夢境迎來了雙方的最後一戰。

男人抬手，招出一把奇異造型的武器。武器是一柄雙角螺旋如長槍般的錐體，上頭紅印閃動著如血跡般的色澤，簡直就是墜飾噬魂的放大版。

而當武器傳來震怒的意識以後，君兒這才確認，那真的是過去牧辰星每天貼身攜帶，名為「噬魂」的墜飾。

『巫賢你這個混帳，我絕對不會放過你的！』噬魂咒罵著，似乎因為軀體被人操控握在掌心而

震怒不爽著。

男人冷漠開口：「我把你製作出來就是為了這一天，因為這個世界，只有與辰星息息相關的對等靈魂，才能徹底將她殺死。我因應她的願望而製作出了你，但我卻沒有預料到你區區一個殘缺的靈魂碎片，竟然想要回應辰星的愛？！」

他一甩角錐，惱火的冷哼了聲，顯然對噬魂竟然對辰星產生了不應該懷有的愛情，使事態超出他預料而萬般不悅。「瑕疵品就是瑕疵品，我只是讓你來保護辰星，並且要你最後成為抹殺她的武器而已，你一個小小不完整的意識，沒那個資格拒絕我的意志！」

男人的表情狠辣殘忍，眼神卻有著悲痛，而他身旁的女人亦同，唯獨那位金眸藍髮的男孩一臉平靜，像是個沒有靈魂的人偶一般。

女人看著被毀滅意識主宰思緒的牧辰星，眼淚潰堤：「辰星，我的妹妹……請原諒我的自私，這是我們最後能為妳做的事情了……依照妳的願望，我們一定會殺死妳，不讓妳有機會對這個世界宣判結局！」

『不——住手！辰星快走，他們要殺了妳！』

被男人操控在手的噬魂悲憤的大吼，卻無法阻止即將發生的悲劇。

戰鬥開始，那眼花撩亂的畫面讓君兒有一種不切實際的感覺。那不是她這個層級的人現在能夠

接觸的戰鬥。只是戰場中的人皆與她息息相關，讓她目不轉睛的看著，等待夢境的終場……

＊＊＊

當冰冷的尖錐沒入牧辰星柔軟的腹部以後，血花飛濺，所有的一切似乎都停止在這一刻。

牧辰星原本冰冷的臉龐上，揚起了一抹熟悉的溫柔笑容。

溫柔的，帶著解脫的笑意。

她眼神在恢復神采瞬間卻轉瞬暗黯，之後滑下了一行淚。

「噬魂，對不起……竟然要你承受這些……下輩子如果還有機會，我們再……」

牧辰星最後想說的話語淹沒在嘴角溢出的血沫之中，沒能說完。她臉上遺憾與感嘆的情緒蔓延，終究還是永遠的闔上了眼。

看著夢境為他展現的這一幕，戰天穹的心也幾乎停止了跳動。

『不——辰星！』夢中，噬魂嘶吼出聲。

那心痛欲絕的感受、那令人絕望的哀痛，深切的傳進了戰天穹心裡。噬魂那對自己無能改變命運的深切悔恨以及無能拯救摯愛的情感，與戰天穹的內心起了強烈共鳴，令戰天穹眼眶酸澀的幾欲

落淚。

『為什麼是我，為什麼是我殺了妳啊！』

噬魂傷心絕望的聲音迴盪在夢境之中，那慟失摯愛的傷，深愛卻無辦法得到回應的痛，在這一瞬間讓戰天穹忘了這是一場夢、一段不屬於他的回憶。

當他霎時從夢中驚醒，那夢境遺留的痛苦彷彿是噬魂在向他透露什麼似的，那深切的無奈、無能挽救摯愛的絕望，刺痛了心扉。

「是夢……」戰天穹抹去額上的冷汗，隨後才驚覺不對勁。

「不對，我已經不用睡眠了，為什麼卻……」做了那場夢？

他試圖感應噬魂的存在，然而噬魂早應該被他壓制到心海深處，根本沒有辦法影響他才對。

但這夢境代表了什麼？

原來，辰星真的就是君兒。而噬魂也和他一樣，愛上了那渴望愛卻又沒辦法擁抱的存在，但最後，噬魂卻親手殺了自己的摯愛……雖然是被人為操控的，但可以想見當時的他有多憎恨自己。

這莫非就是君兒未來可能遭遇的劫難？成為那什麼「終焉魔女」，執行宇宙的毀滅意志？而那個在夢中操控噬魂的男人，是否會再度出現，再一次殺死這一世的君兒？！

還有，羅剎……戰天穹想起夢中那跟在男人身邊、眼神空洞的男孩，赤眸閃過震怒與驚愕。他

絕對忘不了的，那稚嫩男孩的容貌正是「陣神滄瀾」羅剎最愛使用的型態之一！

無數的疑問在心中繚繞，卻沒有人能夠給他回答。

這時，房門突然傳來了急促的敲門聲，卡爾斯在門外大吼：「阿鬼，君兒春毒發作了！」

戰天穹一愣，若是之前，他一定會冷靜回應然後壓下擔心，只透過精神力去關注君兒的情況。

但這次卻因為夢境的影響，那恐懼失去的痛苦牢牢擄獲了他不平靜的心，讓他忘了自己一開始說不與君兒相見的初衷，想也沒想的朝君兒所在趕了過去。這種焦急的心情，就如同噬魂當時恐懼辰星死去一樣。

在戰天穹心中的黑暗一角，那黑暗的人影蜷縮著身子，因再次回想起那慘痛記憶而難受不已。

那是戰天穹完全否決的黑暗面，魔陣噬魂的意識。

已經化作戰天穹心魔的噬魂，此時周身因為自己的悲傷與痛楚凝聚成沉重的黑霧，一點一滴的化作更大的黑繭將他包覆，讓負面更加凝聚、讓黑暗更加深沉。

『什麼時候，你才會承認我是你的一部分？不然，殘缺的我們是永遠救不了她的……只有成為完整的我們，才有能力跟整個宇宙抗爭……我們的敵人不是彼此，而是這個宇宙……』

噬魂低低的呢喃聲響起，帶著無盡的哀傷，卻沒能傳進心繫君兒情況的戰天穹耳裡。

Chapter 56

春毒鍛心

當君兒看著夢境中的牧辰星，被男人持著噬魂化作的尖錐自腹部洞穿了身體，自己的腹部居然也在同一時間傳來撕裂般的劇痛！

這痛楚讓她瞬間驚醒，卻在隨後，腹部深處彷彿爬滿無數蟲蟻般的麻癢了起來。

「啊……」她想要隱忍痛呼，然後當聲音溢出嘴邊，卻是一種她未曾聽過的虛軟聲音，帶著一絲嬌媚誘惑，讓人臉紅心跳。那渾身難受又軟綿無力，下腹部麻癢難耐的感覺，君兒馬上就知道這是春毒發作的跡象。

她很快就從那迷離如夢的奇異感覺中回過神來，心情更是因此受到夢境的結尾影響。那最後一幕牧辰星的絕望與遺憾，讓她無法從那樣的情境中脫出，心情不再平靜。

因為擔心君兒而始終沒有完全熟睡的紫羽，在聽到君兒發出聲音的時候醒了過來，一睜眼就看到君兒神情凝重，臉龐的潮紅卻更甚以往，甚至還變得嫵媚動人，也瞬間明白君兒毒發了！

「君兒！」她緊張的就想碰觸她，卻謹記著漢諾雅言猶在耳的警告——絕對不能碰觸春毒發作的人的身體，那會讓慾望更加猖狂難忍！

「堅持下去，我去找休斯頓爺爺！」紫羽只能用言語鼓勵君兒了，她淚光盈盈，回頭就想去找老醫師來協助。

「不用……把門鎖上，快點！」君兒勉強開口，話語聲調嬌柔，連自己聽了都覺得害臊羞人。

「不要讓任何人靠近這裡。」她嚴聲提醒紫羽，同時因為體內翻攪的情慾而開始喘息顫抖。

「可是……」紫羽還有些猶豫，她也聽休斯頓爺爺說君兒雖然意志力堅強，但她身上殘留的春毒較為猛烈，很有可能會因為毒素蓋過春藥的效果而致死。雖然機率不高，但她還是充滿擔心。

「快去！」君兒放聲高吼，臉上嚴厲慎重的表情又混雜著如水春情，交織成了一種魔魅誘惑的氣質。

紫羽最後才按照君兒說的那樣，離開了病房，然後由外頭鎖上了病房，同時也通知了休斯頓。

很快的，這個消息就傳進了卡爾斯耳裡，只是卡爾斯卻料想不到戰天穹的反應會這麼激烈。戰天穹的冷靜全被拋在一邊，臉上只剩焦急，這與原先的冷酷截然不同的焦躁，讓卡爾斯忍不住多看了他幾眼，卻以為戰天穹終於打算坦率自己的心情了。

殊不知受到噬魂那場夢境的影響，戰天穹也因此確切的肯定了自己的心意。或許這其中噬魂的意念多少指引了他，但他希望能給她的幸福以及擁抱她、成為她庇護的情意是真實的！

如果可以，他也不願君兒受苦，可如果這是成長必須的過程，他也會捨得放手。但他會一直陪在她身邊，默默守護著。

或許是經歷了噬魂慟失摯愛的心情，讓戰天穹想要好好珍惜現在還活著的君兒吧。至少比起當時只是墜飾的噬魂，身為人的他是幸運的，至少他還是有機會得到君兒愛慕。

卡爾斯提醒道：「這樣你可是會被紫羽看到的哦。」

而戰天穹只是冷冷的回了一句：「你去讓她閉嘴。」

這急躁到近乎無情的語氣，頓時讓卡爾斯啞口無言。

而當紫羽看到一位容貌陌生的赤髮男人闖入醫療室，先是傻愣，隨後才從體格和氣勢中，認出了這赤髮赤眼的陌生男子就是在君兒身邊那位戴著惡鬼面具的鬼先生！

她震驚的瞪大眼，完全沒有預料會在這裡看到戰天穹，當下她就想開口叫喚君兒，卻見跟在戰天穹身後的卡爾斯朝她快步走來，同時一手摀住她正欲叫喊的小嘴。

「噓，別喊出聲來了，妳就當他不存在，某人不打算讓君兒知道他在這裡。」卡爾斯警告道，同時小聲的在紫羽耳邊低語。

「噢……」紫羽傻愣愣的點頭，同時呆呆的看了看那沒有戴著面具的鬼先生，又看了看卡爾斯，接著面露困惑。「你們，為什麼……？」

卡爾斯再一次比出噤聲的手勢，強硬拉著紫羽就要將她帶離。只是他見紫羽掙扎著要留下來陪伴君兒，在氣惱之餘便惡狠狠的擰了擰少女柔軟的臉頰，威脅道：「這裡有那傢伙在就夠了，妳別留在這裡礙事！」

「我要陪君兒！」

「再囉嗦我就把妳丟到沒有光腦還滿是巨龍和精靈的碎石帶安享晚年！」

「你、壞人！嗚……君兒……」紫羽委屈的哽咽出聲，三步一回頭的被卡爾斯粗魯的拖走了。

休斯頓神情嚴肅的在病房外正在檢查醫療器具，準備等會要救治君兒。而見到卡爾斯最後拖走了紫羽，再見戰天穹一抵達醫療室就直接走到病房門口佇立守護，他先是愣然瞪大眼，爾後摸了摸下巴的白鬍鬚，決定自己不要多問比較好。

戰天穹站在門口，絲毫沒有推門而入的意圖，僅僅是憑著感知就知道君兒此時承受的痛苦。

他的神情帶著一絲悲傷，卻堅定的沒有讓自己踏進病房。因為就像卡爾斯說的，他怕自己會失控出手協助君兒。好想擁抱她，告訴她一切都不用害怕……但是一想到君兒的未來充滿太多變數，他不得不放手讓她成長。

戰天穹在門邊低語：「君兒，堅持下去。」也請原諒我的殘忍。

病房內的君兒顫抖著身子，試圖運用星力壓抑春毒，不自覺咬破了唇，那痛楚微微讓她稍微清醒了一些。她緊咬銀牙，就怕自己一個鬆懈就會就此淪陷。

身子因為異樣的酥麻感而輕輕顫抖著，咒罵跟自我鼓勵的語詞到嘴邊卻變成了讓她覺得羞恥的軟綿低吟，好不容易讓自己盤腿而坐，卻已是香汗淋漓。

在血液間潛伏的春毒開始作用，化為一股如螞蟻噬咬般的搔癢感流竄全身，尤其以腹部處最為難受，背後脊椎更是升起冷熱交錯的顫慄感。體溫升高，燥熱得讓人只想將衣物全部褪下。

沉重的呼吸喘息，君兒酥軟著身子躺在病床上，緊緊的環抱住自己，但光是連自己碰觸自己，都會覺得被碰到的地方一陣酥麻，彷彿能夠解除某種渴望似的，直讓她想要一再撫摸。可是極端的理智與冷靜制止了她，因為她很清楚春毒發作的自己此刻身體正處於極度敏感的狀態，所以她絕對不能放縱自己鬆懈了戒備。

她縮著身子，強忍下腹部難忍的搔癢感，真如漢諾雅所說的，那是一種會讓人鬆懈防備的奇異感受，會讓人全身酥軟、意亂情迷……但她是絕對不能輸的！

如果她現在就被這小小的春毒打敗了，還提什麼成長？

她回想起和鬼先生分離那時，他最後留下鼓舞她的話語，讓她再睜眼時，眼裡不再迷亂，烏黑的眼眸只剩堅若鐵般的狠烈。

抬手，深吸口氣，君兒顫抖著手，狠狠張嘴咬了下去！

痛楚從手臂上傳來，讓她的意識越發清晰起來。

或許痛苦能讓意識清醒，但也不能持久，君兒趁著意識清明的瞬間，趕緊讓自己心神平定下來。雖然現在體內的星力因為春毒發作而混亂的難以操控，但精神力卻沒有因此受到影響。

在幾個深呼吸以後，君兒抬手召喚出自己最常使用的水屬性符文，刻意控制水符文使得身邊氣溫下降至讓人寒冷顫抖的低溫，藉此減緩體內的燥熱感。或許是冰冷起了效用，春毒的難受感確實也減緩了一些，君兒便試圖利用修煉來轉開注意力，藉此壓低春毒的影響。

那始終沒有反應的圖騰這才有了反應，像是回應她的意志一般浮現額心，靜靜的閃爍著美麗的星星光輝。

戰天穹感覺到君兒的氣息逐漸穩定，他這才稍微鬆了一口氣。

「鬼大人，您不擔心嗎？君兒身上的毒素雖然不致死，可是若春毒沒有得到舒緩，毒素的部分最後會讓人劇痛不已的。」休斯頓突然小聲呼喚了戰天穹，他臉上有著擔憂，看著戰天穹朝他望來的冷冽赤眸，老醫師不免面露困惑，不解為何戰天穹不願出手。

只是隨後他就知道自己錯了，因為他注意到戰天穹環抱胸前的雙手青筋浮凸，全身緊繃還隱隱輕顫。還有冷沉如冰的視線，讓休斯頓明白了戰天穹不是不擔心，而是擔心過頭了，怕阻礙那位小姐的成長吧。

「我相信她。」

戰天穹簡短卻又堅定的話語消弭了休斯頓的擔憂，讓老醫師有些驚訝他這樣毫無猶豫的信賴。那對君兒的全然信任，也說明著他對君兒的強烈期許。

最後休斯頓只能發出一聲長長的嘆息，鬼大人明明行為舉止就處處透露著他對君兒的百般不捨與那真摯的情感，雖然表面上他確實非常嚴苛冷酷，但也是最心疼君兒的那個人。

可惜，他隱藏在殘酷裡的關懷，卻沒有多少人能懂。

戰天穹自動忽略休斯頓眼裡一閃而過的同情，那種眼神他看過太多，早就麻木了。他不需要同情，要的只是一份單純的認同，沒有排斥、沒有畏懼，只是純粹的認同信賴如此而已。君兒就給了他這些，甚至還更多，所以他才會沉淪的吧，因為他在君兒身上找到了他一直尋求的光輝。

病房裡，君兒的春毒效用終於漸漸退去，讓君兒稍微鬆了一口氣。只是當那酥麻的感覺退去，取而代之的則是一種撕心裂肺的劇痛！

那突來的劇痛在她鬆懈緊繃的瞬間襲來，那似是被千刀萬剮的痛楚讓她痛叫出聲，筋骨血脈彷彿被崩斷擰碎，劇烈的疼痛讓她痛苦的在病床上翻騰，連每一次的呼吸都彷彿肺部被火灼燒，皮膚只要碰觸到被褥就像被腐蝕了一樣！

這樣的疼痛比春毒更加讓人難以承受，君兒只能緊緊咬著下唇，透過唇邊的血腥味試圖讓自己保持理智清醒直到最後一刻。

進入這個狀況，就表示春毒只餘下毒素的部分了。此刻冷汗已經將她的衣衫浸濕，每一次的劇

痛都帶走一部分的體力，最後連心跳也開始受到影響。漸漸的，君兒開始有一種溺水的缺氧感受。

這時，那始終沒有動靜的圖騰終於有了變化。

圖騰遽然擴張放大，將君兒從頭到腳全裹進範圍之中，接著閃動起淡淡螢火般的光點，一點一滴的沒入君兒體內，釋放過去儲存的能量以挽救君兒這樣危機的情境。

隨著身體的痛楚被那溫暖的光點治癒，君兒的呼吸逐漸平順穩定，只是體力的匱乏感傳來，讓她開始意識模糊，就要陷入昏迷。但她知道，自己終於撐過來了。這次以後，春毒就永遠從她體內離開，能夠撐過這一次身體心靈上的共同折磨，君兒為自己感覺自豪。

「鬼先生，我撐過春毒了……」陷入昏迷前的少女低喃著，極端的狂喜讓她兩頰滑下淚痕，帶著滿足與對自己的驕傲感，君兒陷入了昏迷之中。

安靜只持續了一會，那扇阻隔兩人的電子門，終於打開。

休斯頓動作飛快的繞過戰天穹，提著簡單的檢測儀器率先走了進去，卻讓開一個位置，讓戰天穹可以看看君兒的情形。

君兒那蒼白的小臉上，唇邊掛著血色。

戰天穹知道君兒老毛病又犯了，她在隱忍事情的時候總愛咬唇。

「呼，有驚無險的度過了，剩下一點點殘留的毒素會被百毒不侵的抗體吞噬掉，從今以後君兒

不會再為任何毒素所擾了。」休斯頓驚喜萬分的回報狀況，同時替君兒注射了幾管和緩身體痛楚以及幫助入眠的針劑，讓她可以好生休養受創的身體。

戰天穹邁開步伐，沉默的走至君兒床邊，看著少女昏迷的容顏，探出掌心，小心的替她抹去了唇上的鮮紅。聽著君兒虛弱卻和緩的呼吸聲，戰天穹終於鬆了口氣，再難忍受心中的激動，不顧休斯頓還在一旁，他直接將君兒摟進懷裡，用力擁抱。

君兒竟然靠自己的意志撐過了春毒，讓他既激動又感慨，因為君兒的堅強和進步而心懷欣慰。只是在心情放鬆之餘，卻也有著難言的心疼。

「君兒，妳做的很好。」他在她耳邊輕聲低語，哪怕此刻的君兒聽不見。

「唔……鬼先生……」君兒就算昏迷了，下意識的還是能感覺到那熟悉的體溫與懷抱，她呢喃著對他的稱呼，臉上浮現了一抹安心的微笑。

休斯頓只是沉默的進行醫療工作，最後還是不得不指示戰天穹鬆開君兒，讓他好好檢查君兒的身體情況。戰天穹沉默的被敬業的老醫生趕到一旁去，他就這樣安靜的看著君兒昏迷的臉龐，像是百看不厭似的，願意守護到永恆之刻一樣。

他渴望她的愛，希望終有一日，她會回應他同樣的心情。

Chapter 57

賭上一生

「討厭，你放開我，我要回去照顧君兒啦！」

紫羽氣氣呼呼的嘟嘴埋怨，卻怎樣也掙不開那隻禁錮自己行動的掌心。

卡爾斯沒理會紫羽的怒氣，逕自拉著她在戰艦迴廊上穿行，偶爾經過幾名星盜，他們看著自家老大拖著一位少女前行的畫面，總是不約而同露出訝異的眼神。

「現在妳不能待在那裡。」卡爾斯拉著紫羽來到用餐區自己專屬的私人包廂以後，有些粗魯的扯著她落坐，同時嚴聲警告。

「為什麼不行？還有，為什麼鬼先生會在這裡……莫非你們是串通好的，要藉此鍛鍊君兒嗎？這實在是太過分——」

紫羽訝異氣惱的話語被卡爾斯直接打斷，他無奈的解釋：「先說明，我可沒跟那傢伙串通好，是後來我懷疑君兒是他一直在找的人，所以那時才會威脅妳配合我，就想探聽看看情況，誰知道……算了，總之後來是那頭惡鬼自己找上門的，我才知道原來他一直跟著妳們，那時他因為暫時離開妳們，意外沒趕上制止慕容吟，導致妳們兩人受傷中毒，最後我們只好帶著妳們來到我的戰艦醫治。」

紫羽聽得一愣一愣的：「這就是卡爾斯先生當初跟我說的，就算我和你打賭贏了，君兒還是得替你工作兩年的原因嗎？仔細想了想，鬼先生原本就和君兒談好要讓她外出遊歷兩年，最後卻和你

談好改成待在星盜團兩年？」

「哦，我原以為妳只有數據能力強悍而已，沒想到腦子還是有點用處的嘛。」卡爾斯訝異回應，紫羽卻是後知後覺的才知道卡爾斯拐彎抹角的在罵她笨呢。

她氣惱的悶哼了聲，不發一語。但在知道原來鬼先生都一直隱藏在君兒左右，紫羽心裡對他這樣沉默寡言的付出感到由衷的羨慕：「沒想到鬼先生一直守護在君兒身邊……」

不過現在紫羽還是很擔憂君兒的情況。她知道卡爾斯之所以帶開她，是不想她知道太多，看樣子鬼先生一定也不願意讓君兒知道他就在身邊。

「鬼先生為什麼不讓君兒知道他在保護她？」紫羽困惑的問著。

卡爾斯長嘆一聲，難得露出莫可奈何的無奈神情，他癱坐在紫羽身旁，習慣性的將手搭在沙發椅背上，卻無意間跟紫羽靠得極近，或許是刻意為之，可單純的紫羽由於正擔心著君兒，因而忽略了兩人如此接近的事實。

「阿鬼……反正他也彆扭的不讓人知道他的真名，妳就當他的名字就只有『鬼』一字吧。這傢伙就是鬧彆扭，不肯跟君兒承認自己的感情，再加上種種原因，他才會選擇這樣默默守候的。我也拿他沒辦法啊，有這樣的朋友我也很無奈，勸不聽又打不贏……咳咳咳！」

無意間講出自己和戰天穹的差距，死愛臉皮的卡爾斯趕緊嗆咳了聲試圖挽回自己的面子，卻是

難堪的臊紅了臉，因為自己的一時快嘴而惱羞成怒。

「總之，隨便啦！反正那個傢伙這一次終於肯出來見見君兒了，我也樂得輕鬆，先不管他之後有沒有打算要跟君兒見面，我們順便來談談我們的事情吧。」卡爾斯笑咪咪的說，嘴邊揚起玩味笑意，碧眸促狹的望著紫羽。

「在知道這件事之後，有沒有後悔跟我做出那種賭注啊？要知道，基本上無論如何，我是必定要將君兒留在團裡兩年了，這等於妳那個賭注完全是多餘的……妳如果反悔的話，現在還可以改喔。」他大度的說著，想起那天紫羽跟他下的賭注，不免有些啼笑皆非。

✻ ✻ ✻

時間回到紫羽先前主動要求要和卡爾斯單獨談事情的那時候。

就在君兒依她的請求離開病房後，紫羽輕抿下唇，臉上露出一絲哀傷的神情，開口說：「……我知道我一定撐不過春毒。」

卡爾斯輕挑劍眉，饒有興致的等著紫羽繼續說下去。

「因此我不會拿我能不能撐過春毒作為賭注，但我相信君兒一定可以撐過春毒，所以我要以君

兒最後的結果為賭注！」紫羽目光炯炯的說著，眼裡有著對君兒的全然信任。

或許是君兒從過去到現在的堅持影響了她，讓她毫不猶豫的相信君兒這一次一定也能像過去一樣，驕傲耀眼的跨過這一次的難關。

「如果我賭贏了，請你送君兒去新界，放她離開；而我、我……我就留下來做你的女人！希望你不要再打君兒的主意了！」

當紫羽面帶羞澀的說出自己決定時，心裡有著輕鬆，也有著決然。

這不是刻意為了救君兒而犧牲自己，只是她想了很多，就算她離開以後，也沒有能力保護自己，君兒更不可能永遠在自己身邊。外面的世界太可怕也太複雜，以她的能力或許可以被組織吸納作為成員，但擁有皇甫血脈天賦的自己，還是很容易成為別人甚至是組織成員覬覦抓捕的對象。她只會成為別人的拖累。與其那樣，不如她來為自己選擇未來。至少，這是她自己為自己的人生所做出的選擇！

而且其實，她早就對卡爾斯存有好感，既然如此，那就將他選作委託下半生的對象吧。

雖然這樣的決定看似隨便，但這是紫羽唯一能想得到的方法了。

卡爾斯因為紫羽的決定，目瞪口呆的望著她。儘管這種女人倒貼的舉動讓他自尊心膨脹，可同時又有些惱火，誤以為紫羽是為了君兒而選擇犧牲自己的前途。

「哼，反正妳撐不過遲早也都是我的人，更別提現在妳們的生殺大權在我手裡，我要選擇怎樣的賭注應該是由我來決定才對！所以妳這個賭注我不接受！」

見卡爾斯拒絕，紫羽也是愣然失落，但隨後小臉浮現倔強，有些緊張的繼續開口，就想說服卡爾斯接受自己的賭約。

嗚嗚，她都把自己當成籌碼了還不行嗎？

「可、可是，這樣總比你來強的好吧？」

紫羽緋紅了臉蛋，還是鼓起勇氣繼續說：「而且我既然是自願的，就一定會努力讓自己愛上你，才不是嘴上說說或者是敷衍了事呢，我是真的有這個想法！我相信喜歡小朋友又照顧手下的人是值得信賴的，雖然你在外頭是個惡名昭彰的壞星盜，但我以前收集你的資料時，就知道你是個對待身邊人非常溫柔的男性。我願意為自己賭一次。」

「更別提我可是擁有百毒不侵之身喔！我知道你身懷劇毒之體這種極端的天賦能力，這樣的你根本無法擁有妻子與孩子吧？可是我我我……我可以給你這些……」

紫羽勇敢的說出這些，就低垂著頭不發一語，為自己生平第一次的大膽表示而感到羞澀不已，直想挖個坑將自己埋了。

卡爾斯不自覺的沉重了呼吸。

確實，他真的因為紫羽這樣的提議而心動了。只是一想到紫羽要勉強自己愛上他，心怎樣就覺得萬般的不爽。

身為一個男人，如果還要讓女人勉強愛上，那實在太糟糕了，他好歹也是有無數優點可以讓女人為之心折的，哪還用紫羽這樣勉強自己愛上他！

於是，卡爾斯略帶氣惱的開口了：「說妳笨還不承認，非要我明說嗎？我不需要妳勉強自己愛上我，應該是我要努力讓妳愛上我才對！我會想盡辦法讓妳看到我的優點、我的一切，是要妳發自真心的愛上而不是勉強自己來愛，妳這笨蛋在那瞎攪和個什麼勁？！」

卡爾斯的話讓紫羽傻了，她確實先前是打算勉強自己去接受卡爾斯，只要他能提供一個讓她安心把玩光腦和數據的環境就好。原以為卡爾斯會答應或者是強迫她，然而他卻說出了這麼一段讓她驚訝不已的話語，她的心因此輕輕顫了顫。

「你為什麼不強迫我就範？星盜不是一向都……」紫羽好奇的詢問，心裡是真的對卡爾斯這個人好奇了起來，想要更了解他究竟是個什麼樣的男人。

「一向都粗魯殘暴、只會姦淫擄掠殺奪搶騙嗎？」卡爾斯淡淡一笑，臉上浮現一抹傲性表情。「我雖然不敢說沒做過擄掠殺奪搶騙這些行徑，但我這個人可是接受過良好教育的，我從來不強迫女人，未來也不會！」

隨後他走上前，將紫羽強硬壓制在病床上，露出一抹邪肆笑意。

「先不管妳朋友能不能撐過毒發，但如果撐不過呢？」

因為兩人貼得極近，紫羽的臉紅蔓延到雪白的頸子上，為那張清麗容顏平添一絲嬌柔。

「……那賭注還是一樣，不過我希望你可以出手幫助君兒，我是說協助她撐過春毒，但請不要碰她好嗎？」紫羽可憐兮兮的望著卡爾斯，眼裡充滿請求。

那水汪汪的大眼殺傷力十足，讓卡爾斯有些想迴避她的眼神，不由得想到，如果這兩人知道戰天穹一直就在身邊，紫羽是否會後悔提出這樣的賭注呢？

可他確實是個小人，所以他最後還是心存私心的答應了紫羽的賭注。

或許他在期望什麼吧……

＊＊＊

當紫羽知道戰天穹的存在以後，卡爾斯再一次的將這件事提了出來，深怕紫羽會反悔。不過這也是莫可奈何的事，雖然心中無奈，但他也不願意去強逼一個小女孩兌現這個從一開始就不公平的約定。

「那，我們來換個賭注？」紫羽看著卡爾斯暗帶惱火的神情，雖然不懂他為何會生氣，卻也猜得到是因為鬼先生的出現打亂了這些。

「妳說。」卡爾斯暗自嘆氣，在聽到紫羽的問話後顯得頗是不悅。

「你和鬼先生有暗中協議，相信這兩年時間君兒在你的保護下一定會平安無事的，可我既然知道了這件事，那麼之前的賭注就像你說的一樣，太不公平了……」

紫羽躊躇了一會，終於還是將自己的想法說了出來：「那，我們就來賭誰先愛上誰吧！誰先說愛的那個人，就得付出一輩子的代價去愛對方、去珍惜、去保護、去陪伴……這樣的賭注，你接受嗎？」

紫羽怯怯的說著，那羞澀可人的面容，讓人只想將她攬進懷裡好生呵護，可卡爾斯早因為她再一次的驚人發言而呆滯了神情。

隨後回神的卡爾斯，瀟灑狂放的笑了起來：「好！要拿下妳這笨女孩的心實在太容易了，就這麼賭吧！妳就等著付出妳的一輩子來愛我吧！」

紫羽笑逐顏開，忽然明白卡爾斯是禁不起激的人，便索性再來一句刺激他。

「搞不好先輸的人是你呢。」

「妳就別先愛上我，不然到時候可有妳受的了。」

果然卡爾斯傲慢的冷哼了聲，無比囂張的丟下戰書，臉上表情彷彿在言訴自己已經勝利了似的，高傲得不得了。

「那就從現在開始吧，我們兩人使盡全力想辦法讓對方先說出愛對方的話！」

雖然這樣說，但根本沒有感情經驗的紫羽顯得有些畏怯，不過若自己先愛上了，那她也認了。

還記得蘭說過：「對女人而言，愛，可是要賭上自己的一輩子。賭贏了，換來一世幸福美滿；賭輸了，換來一生愴然心傷。」

而這一次，紫羽便將一輩子都賭在跟卡爾斯的這場男女戰爭裡頭了。

說她傻，她確實也是，但最後的勝負誰也說不一定。

輕輕嘆了口氣，紫羽看著那笑得一臉燦爛的卡爾斯，眼裡也有著堅定。就像君兒想要自己掌握未來一樣，她也要學習君兒的精神，自己去為自己的未來拚搏，賭上了這一輩子，換得的究竟會是場心傷，還是永遠的幸福呢？

但總得一試，才有那個勝出的可能性，不是嗎？

若是什麼都沒有嘗試，自己就先預設自己輸了的話，無論如何也不可能成功的。

「小女孩妳就等著接招吧。」

卡爾斯笑容滿面，沒有注意到自己莫名的喜悅心情。他只是單純的對這個「挑戰」很有興趣，

卻沒想過這和自己一開始的初衷大相逕庭。

在這一來一往間，究竟誰先淪陷，這可難說囉……

＊＊＊

「鬼大人，我要去向老大報告君兒的情況了，這邊就勞煩您看顧了。」

休斯頓的聲音模糊的傳了過來，讓君兒有些搞不清楚情況。

她記得自己春毒發作，好險最後撐過來了。

只是現在她不是應該還在昏迷嗎？仔細感覺，君兒發現自己的意識已經清醒，卻怎樣也無法控制身體。她這才注意到自己又像昔日頭痛病發作時那樣，意識被圖騰限制，和身體脫離了連結。

隨著休斯頓結束了話語，戰天穹淡淡的應了一句：「告訴卡爾斯，要他把紫羽那邊處理好。」

傳進耳裡的這道平淡的語氣，與對方熟悉的聲調，讓君兒的意識瞬間停滯。

這個聲音是……鬼先生？！

隨後身旁傳來戰天穹的輕嘆聲，那帶著寵愛與苦悶的嘆息，終於讓君兒肯定了此刻在身邊陪伴她的，正是她一直想念的那個人。

她怎樣也忘不了戰天穹總是在過去每晚她想要發洩委屈時，總會邊這樣嘆息，邊張開懷抱給她依靠。

她想要睜眼看看他，然而無論意識怎樣清醒，身體卻絲毫沒能做出反應。但她依稀可以感覺到戰天穹粗糙指尖的觸感撫上自己冰冷的臉龐，珍惜無比的碰觸、輕撫。她雖然沒能睜開眼，卻還是感覺到戰天穹憂心的注視。

此時的她，透過圖騰與兩人之間的精神印記，深切感受到戰天穹無奈與憂傷的心情。

心裡焦急的君兒最後還是無法掌握身體，只能無奈接受了自己暫時沒辦法操控身體的窘境，默默感受戰天穹就在身邊的安心感覺。

在君兒昏迷的這段時間，戰天穹靜靜的守在她身邊，偶爾替她撥髮，偶爾在她額上落下親吻，但更多的是沉默。

可君兒完全可以想像，他看著自己的眼神想必無比溫柔。

連戰天穹自己都不知道，唯有在注視君兒的時候，自己原本冰冷的神情才會融化，變得柔軟。

「君兒，真希望妳能明白我的心。但我會等妳，直到妳願意回應我的愛的那一日。」

戰天穹不知君兒的意識已經清醒，在他的感知中，君兒的精神跟身體的情況一樣平靜，卻不知君兒的意識被圖騰限制，就算有情緒波動也無法傳遞給外界知曉。

他就這樣無意間坦承了自己最真實的心情，讓聽到的君兒在愕然震驚的同時，也不由得感覺羞澀驚喜。

原來鬼先生愛著自己？

她竟然一直不知道這件事！

緋凰和蘭她們似乎也不只提過一次鬼先生喜歡自己的事情了，但她總以為那只是單純長輩與晚輩間的喜歡，她也不了解男女情愛是怎麼一回事。這也難怪緋凰她們總是對她的駑鈍感到無奈。直到她先前誤以為自己就要死去那時，才明白那種難言的心痛感受是因為自己也同樣愛著鬼先生……

在聽聞戰天穹無意間表達了情意時，君兒心裡羞澀不已。

自己怎麼那麼笨！直到面臨生死關頭才明白自己的心意！

而聽戰天穹說這番話時難受與壓抑的語氣，顯然已是隱忍這樣的情感許久，直到她昏迷，才肯悄悄透露。

感受到戰天穹心中那渴望被愛的心情，君兒的心因為心疼而酸澀、因為不捨而泛疼。

可以的話，她也想要對他傾訴更多，但既然他之所以選擇在她昏迷時才出現，想必是不想讓她知道他的存在，只打算像過去一樣默默守候。

這男人真傻，什麼都不說，就這樣隱藏在某處靜靜守護。君兒在心中嘆息道。

如果卡爾斯沒有說出強制開啟精神力會損傷己身的事情，再加上這一次意識清醒、身體沉睡的情況，她怕是不會了解戰天穹有多牽掛她。

如果他不敢朝自己走來，那就由她主動朝他走去吧！

Chapter 58

祈願

光腦螢幕的畫面上投影出了一名藍髮金眸的男子影像。

此時男子正一臉平淡笑意的把玩著手中隨意製作出的符文序列，任由字符在掌間不斷的打散與重新組合，散發著美麗的光輝。輕鬆自如的態度，彷彿那極其艱困的操作僅是個有趣的玩具一樣。

戰天穹沉著聲，隱忍自己因為羅剎這樣閒散的態度而瀕臨爆發的怒氣，緩慢的將自己的夢境以及遭遇的一切全都如實說出。

「告訴我，你們的目的是什麼？」他冷酷的詢問，眼裡大有如果羅剎不肯解答就要暴起傷人的衝動。

有著一張妖異俊美容貌的羅剎揚笑，露出一抹無辜神情。

「就是給辰星再一次選擇的機會啊。」他簡短的回應，似乎沒打算再多解釋。

而戰天穹則因為他這樣漫不經心的態度，臉色逐漸陰沉。之前怎樣也找不到羅剎，現在終於肯接通聯繫，但為什麼還是隱瞞了很多事情，不肯跟他坦承一切？

羅剎也知道戰天穹心中煩悶，只是現在時機未到，他不能多談。「好了，我是真的不能說，畢竟『她』的事情牽扯太多，若是多說了，可能又會為命運平添更多無可掌握的變化。你只要知道，噬魂說的都是真的，你在那夢裡經歷的也全都是真的……這樣就好了。」

看著羅剎嘴邊的苦笑，戰天穹劍眉緊鎖，眼神銳利。他認識這位自稱「羅剎」的非人存在足有

千年之久，知道他非常敬重那所謂的命運之說，雖然心中無數疑問，最後還是只化作一聲嘆息。

戰天穹最後問了一句：「君兒這一世，會不會跟辰星那時一樣……？」

「可能會，也可能不會。畢竟辰星已死，君兒是一個全新的個體，或許她能夠創造出不一樣的未來吧。」羅剎沒有給出肯定的答案，但語氣也不由得變得沉重。只是他隨後語鋒一轉，將話題帶了開來。

羅剎那雙金燦的眼眸之中閃動著無與倫比的好奇光輝，他興致勃勃的詢問戰天穹說：「霸鬼你告訴我，你和當時的噬魂一樣，愛上君兒了嗎？」

這句話立即惹來戰天穹的惡瞪。最後戰天穹躊躇了一會，才深吸了口氣，斬釘截鐵的說出了答案：「是！我是愛上了君兒沒錯，但這是我自己的意志，與噬魂完全無關！」

羅剎滿意的笑了笑，神情竟透露出了一抹欣慰。「別這麼討厭噬魂嘛，他和你原本就是同一個靈魂，只是他身為你離散在不同時序的靈魂碎片，被『那個人』捕捉到，也因此錯過了完美合一的時機。但此時此刻你們再度相逢了，那麼融合是勢在必——」

「夠了！」戰天穹猛地拍桌，惱火的中斷了羅剎的話語。他神情冷酷，不想聽羅剎提起噬魂。「我不想提這件事。其他的事情等我回去，你再給我好好解釋清楚！」

隨後戰天穹直接中斷了通訊，讓羅剎一臉無奈的看著那已然空蕩的畫面，苦悶的嘆息了聲。

「唉，霸鬼每次聽我提到這件事就發火，看樣子靈魂要恢復完整還得花上一段時間啊……」羅剎抬手揉著額心，不知道該怎樣勸說戰天穹才行。

就在戰天穹切斷通訊以後，站在附近等候羅剎結束聯繫的女子終於走了過來。她輕推了推臉龐上的眼鏡，精明幹練的神情有著嚴肅：「羅剎校長，既然結束了與霸鬼大人的聯繫，可以的話請你繼續批改公文好嗎？今天要把這一疊全部處理完畢，不准胡鬧也不准中途逃跑！」

羅剎面露委屈，那張妖異俊美的容貌可憐兮兮的皺起，徹底將自己一身成年男子該有的氣質完全破壞殆盡。

「嗯咳……別用這張臉裝可愛，很難看。」女子尷尬的嗆咳了聲，頰畔浮現的紅暈卻出賣了她的心情。

然而羅剎並不解女子這臉紅的意義，而是一個擊掌，露出恍然大悟的表情。

「都忘了妳比較喜歡我的男孩模樣了！」

隨即羅剎一個彈指，周身符文閃現，原本英挺修長的身軀，在瞬間就縮小成一名年約十歲左右的俊秀男孩模樣。

那正是君兒夢中曾經出現過的男孩，她夢裡出現過的「哥哥」；同時，他也是如今人類世界裡守護神之一的「陣神滄瀾」！

男孩身形的羅剎再度擺出那張委屈可憐的模樣，淚眼汪汪的哀求道：「嗚嗚，雪薇，我不想批公文嘛。每天都弄這個好無聊喔，可不可以改天再弄？今天讓我去玩，之後我會很乖的。」

他臉上難過的模樣，就差沒擠出兩滴眼淚來助陣了。

「羅剎校長……！」名喚雪薇的秘書很是氣惱，偏偏這孩童般的模樣正巧擊中她的死穴，讓她捨不得打罵，一時間竟讓她進退兩難。

「你別老是變這模樣來裝可憐，信不信以後我不替你工作了？而且方才霸鬼大人也說了，他不久後就會回來了吧？要是讓他知道你留下那麼多未完成的工作……我想，霸鬼大人會很樂意代替我教訓你這個不及格的校長的！」雪薇面色鐵青，拿出戰天穹來壓制羅剎。

果然，一聽到戰天穹就要回來的羅剎馬上面露懊惱。

「可惡，好不容易有正當理由將他趕出去十幾年，也輕鬆了十幾年，但怎麼我覺得時間好像才過了十幾天而已？我還沒玩夠呢……」羅剎嘟著嘴，無奈的讓雪薇將一疊疊沉重的公文拿了過來。

他看著那放滿寬敞辦公桌，簡直就可以把他掩沒的公文，頓時感覺一個頭兩個大。

「好多公文，看了就煩，我想要出去玩啦嗚嗚嗚！」

羅剎不依的鬧著脾氣，最後還是在秘書小姐堅定的瞪視下，乖乖的批起公文來。

「哼，等霸鬼回來我一定要把工作全甩給他，然後偷偷溜走去找小辰星……辰星這一世的名字

叫『君兒』嗎？不曉得她還記得我這個哥哥嗎？」

望向遠方，羅剎金眸裡閃動著複雜且糾結的光輝。

過去他在牧辰星還存在的時期才剛誕生，心智還是一片空白。直到牧辰星死去以後以新的形式重新誕生，他才漸漸學習如何成為一個「人」。

「唉，希望一切順利。」

他對牧辰星沒有感情，但他卻很喜歡跟還是嬰兒的君兒一起相處的那段時間。雖然才短短幾個月，但當時還是個娃兒的君兒，卻讓他深切感覺到了一種被需要、被愛以及付出愛的感覺。

「……希望，這一世的妳可以幸福。」羅剎輕聲祝福著。

＊＊＊

「什麼？！妳竟然跟卡爾斯做了這種賭注！」

聽見紫羽終於肯說出和卡爾斯賭注的協議以後，君兒震驚的瞪大眼，怎樣也不敢相信紫羽竟然會這麼做！

紫羽將事情的經過從頭到尾都說完，卻獨獨略過跟戰天穹有關的消息。

紫羽提到她和卡爾斯最後定下的賭注，還是忍不住面露羞澀。

君兒怒不可抑，氣惱的指責著紫羽：「紫羽妳……妳這個大笨蛋！妳竟然拿感情這種事去賭博，要是妳真的愛上卡爾斯或卡爾斯愛上妳怎麼辦？妳已經準備好要當星盜夫人了嗎？妳受得了星盜顛沛流離、居無定所、危機四伏的生活嗎？！」

她們這麼辛苦的逃出皇甫世家，可不是為了讓她成為星盜的女人啊！

紫羽神情平靜，與過往的懦弱截然不同。

在做出決定以後，紫羽的性格也因此變得更加堅定，雖然還是有畏怯的時候，但至少在面對很多事情時，已經不會再像以前那樣緊張得說不出話來了。

她拉住君兒的手，鄭重說道：「君兒，請別為我擔心好嗎？我和妳不同，妳擁有成為強者的潛質，面對危險與困難，妳也更有活下去的能力……但我不同，我沒有天賦能力，數據是我唯一擅長的，我只有使用光腦才能發揮我的能力。這樣的我注定不能在現實中成為強者，我只能遨遊在數據裡頭。也因此我去哪裡都受到限制，甚至還有可能成為妳們的拖油瓶……」

紫羽的眼神帶著哀傷，她深切的知道沒有實力的自己注定會成為拖累。

「我們逃出家族，不就是為了能夠主宰自己的人生嗎？而這就是我替自己選擇的，是我自己的決定。其實，只要給我一台光腦系統我就很滿足了。而且卡爾斯是個很有趣的人哦，如果說要自己

選擇一個男人來愛的話，我想我並不討厭未來要跟我走一輩子的男人是他。」

說到後來，紫羽揚起一抹溫柔笑容，看得君兒面露糾結。

「這樣好嗎？」君兒憂心忡忡的問著，深怕紫羽往後會遭到難以預料的可怕對待。

「至少對我而言，這是最好的選擇了不是嗎？不然離開這裡，妳們難免要分神照顧我，總還是會有照顧不到的時候。」

君兒氣惱的大吼出聲：「可是這樣我兩年後就自由了，要我怎麼對得起妳？妳要我用什麼藉口去跟蘭解釋妳的下落？說我拋下妳而獲得自由，但妳卻成了星盜的女人這樣嗎？！」

因為憂心紫羽的未來，君兒難得失去冷靜，怎樣也不能接受紫羽做出的決定。

紫羽臉上雖然因為君兒的質問而浮現軟弱，卻沒打算讓步或是後悔。她這樣無言的堅持，最後也讓君兒沉默了。

君兒靜靜的思考紫羽說的這些話，心裡掙扎不休。

她很清楚有些事是不能不捨的。單純的紫羽過去在家庭得不到關愛，在皇甫世家更是一直被欺負，她因為對外人的畏懼而不敢接觸人群，也太過溫和，但外頭的世界又充斥著太多惡意與貪婪。

在外頭的世界，紫羽就像是一隻落入狼群中的小白兔一樣，根本沒有生存能力。

是數據天才又怎樣？在沒有光腦系統可以操作的地方，紫羽就等於是一個手無縛雞之力的廢

人。那低微的實力根本可以完全忽略。

君兒有想過拜託鬼先生照顧她，但也明白鬼先生對旁人淡漠冷酷的心性，想來不會對紫羽伸出援手。

想到這，君兒在意外得知戰天穹就在她身邊的事情以後，原本困擾她的一切謎團都解開了。先前休斯頓爺爺提到的「那位大人」，還有紫羽在向卡爾斯提出讓她離開星盜團，卡爾斯卻刻意要留下她兩年的理由也說得通了。

原來鬼先生有插手介入這些事情中。

而當君兒贏了和卡爾斯的賭約以後，卡爾斯始終閉口不談如何醫治受損精神力的方法，君兒或多或少也猜出了答案——這一切都是卡爾斯和鬼先生計畫好的，為了讓她能夠留下來藉此磨練的暗中安排。

其實根本沒有什麼方法可以醫治受損的精神力，卡爾斯騙她。

但難道就這樣下去嗎？讓紫羽成為星盜的女人，而自己卻能夠自由……

「君兒，妳不用覺得自責。」紫羽溫柔的笑著，眼中有淚。「因為對我來說，能夠成為妳成長經歷中推妳一把的人，我就覺得很高興了。」

「只要一想到妳會這樣一直堅強的走下去，哪怕我們未來分開了，我也會一直記著妳，記著有

這麼一個人從來沒有放棄過希望，始終堅持著自己的夢想，跌倒了也會站起來、受傷了也會抹去眼淚繼續前進，光是這樣我就覺得充滿了勇氣——我想要像妳一樣這麼堅強！所以，請妳繼續前進吧！不用擔心我，而且搞不好以後有機會的話，妳還是可以來探望我的哦。」

紫羽不提戰天穹，但相信卡爾斯和他既然是好友，那麼彼此之間一定也有同類相聚的特點。鬼先生雖然表面嚴肅冷酷，但對自己喜歡的君兒卻是這樣默默守護與付出，那相信他的好友一定也跟他一樣，所以她才敢做出這樣的賭注。

「答應我，妳會一直堅持下去，然後永遠記著我會在星空的某一角替妳祝福的……嗚，其實我也不想和妳分開，但我知道妳可以飛得更高更遠……我會一直祝福妳的。」

紫羽哽咽出聲，說的話也讓君兒泛紅了眼眶。

「紫羽是我永遠的朋友！如果卡爾斯敢欺負妳，等我以後成為守護神，我會來幫妳扁他！」

看著紫羽因為她這句話而破涕為笑，君兒在心中下定決心，要替紫羽爭取更多，就怕以後卡爾斯會讓她蒙受委屈。

就像紫羽為她做了那麼多一樣，她也要為紫羽做些什麼才行！

紫羽為她祝福，她同時也希望紫羽能夠幸福。她們希望能為對方做些什麼的心意是一樣的！

因為，她們是朋友！

Chapter 59

交託

君兒走出病房，找到了正在檢閱病例報告的老醫師，劈頭就對他說：「休斯頓爺爺，你們老大現在在哪？我有事情想找他談談。」

休斯頓自複雜艱深的病例中回神，他抬首訝異的看向君兒，不解她為何這次會主動提出要找卡爾斯的事。

「如果是有什麼需要，直接跟我提就好了。」休斯頓慈祥一笑，誤以為君兒是有什麼需求想要提出。

君兒一臉慎重的說道：「我是想跟你們老大談談關於紫羽的事。」

老醫師一愣，直覺聯想到了先前在星盜團裡傳言關於這兩位大小姐與老大的賭注，便出言勸說君兒：「傻姑娘，如果妳想和老大談賭約的事，那我勸妳放棄比較好。」

君兒不語，柳眉因為憂心紫羽而微微蹙起。

「休斯頓爺爺，你們老大是個什麼樣的人呢？」她突然問道。她想多了解卡爾斯一些，畢竟這攸關紫羽的未來，她不可能不擔心。

休斯頓和藹的笑著，年長的閱歷讓他洞悉了君兒所想，自然也明白君兒擔心紫羽的心情。

這兩個小姑娘彼此都在為對方著想，可說是感情深厚。但面對人生的抉擇，不同個性的兩人終究還是得踏上各自的旅程。

「老大啊，簡單來說，他就是尋常人口中的壞人！星盜嘛，哪一個不壞呢？就連爺爺我也是大壞蛋一個唷。」

休斯頓直白的說著，只是君兒看著他一臉慈祥以及周身氣場安穩祥和的感受，實在很難認同他的這番話語。

見君兒一臉不信，休斯頓平淡一笑：「別被表相矇騙了，這點妳以後會慢慢明白的。越平靜不代表越安全，相反的可能非常危險……說到老大，他確實是個無惡不作的大壞蛋。犯罪、搶劫、綁票他幾乎都幹過，他的稱號便是普通人口中『壞人』的代名詞；可對我們星盜團的成員而言，老大是我們的英雄！」

提起「英雄」一詞時，休斯頓情緒顯得特別激昂，他老邁臉龐上那發自內心的驕傲與自豪感，看得君兒目不轉睛。

「老大和平時期是一位惡名昭彰的星盜，但當新界經歷百餘年一次的星系戰爭時，他卻帶著我們一起成為對抗異族、保護人類的英雄。」

「還記得和老大一起在宇宙中跟精靈進行游擊戰的時候，很多人死去了，但每一個人都因為我們曾經奮戰過而沒有遺憾。或許，我們是常人口中的壞蛋，但為了守護我們的家人與一切，我們的刀與劍也會指向人類的敵人！」

提到卡爾斯的輝煌事蹟，休斯頓激動的有些不能自已。蒼老的他煥發出一種精神活力的感受，就彷彿回到了年輕力壯的當時。

「每一次的戰爭都沒有人感謝我們的出戰，但老大卻對我們說：『我們只是為了我們所愛的一切而戰罷了。或許這個世界並不承認我們的付出，但只要我們堅定自己的信念，根本不需要得到那些政府組織的表揚勳章，我們就是自己的英雄！你們每一個人都是英雄！活著就是要這樣揮灑熱血，無論結局是生是死，至少我們為自己、也為了身邊的人，留下了這輝煌的一刻！』……咳、咳咳！」

或許是因為太激動了，休斯頓講到最後竟然有些喘不過氣來，君兒只得為他倒了杯茶潤潤喉嚨，勸他不要再說。

「哎唷，歲月不饒人啊。想當年我還是跟在老大身邊一塊上前線的好男兒，如今卻只能待在醫療室打打針跟動動手術了。」休斯頓苦悶的衝著君兒笑著，擺手示意自己不礙事。

君兒實在不能想像外人眼中的大壞蛋，竟然能說出這麼一番拋卻生死只為輝煌的語詞。休斯頓轉述的這段話，無疑切合君兒的性格，讓她忽然欣賞起了卡爾斯。

就和她一樣，無論結果是好是壞，總要放手一搏，不讓自己的人生留下蒼白與遺憾。

「我知道妳在擔心什麼。」休斯頓在平穩了呼吸後繼續說，他望著君兒的眼神平靜慈祥。「妳

在擔心若紫羽小姐跟老大打賭輸了的話，她會被老大欺負或蹧蹋吧？呵呵，至少在這點上妳大可以放心，老大可是真正接受過良好教育的人哦。妳別看他這樣，好歹老大的母親可是嚴厲指導過要老大好生尊重女性呢。老大可是很尊重他的母親唷，所以就算紫羽小姐賭輸了，老大也不會苛待她的。」

君兒不語，垂下眼睫靜靜的思索休斯頓的這番話。

「我還是希望能找他親自談談。」最後，她再一次提出了最初的請求。

休斯頓淺淺的笑著，見君兒堅持，他也不阻止，「這個時候老大應該在他的私人包廂裡品酒，等會漢諾雅會來跟我拿藥，就請她順便帶妳過去吧。」

不久後，當漢諾雅出現在醫療室時，休斯頓便轉達了君兒的請求。漢諾雅只是用一種似笑非笑的神情看著君兒後，便答應了這件事。

走在迴廊上，漢諾雅雖然眼不看君兒，卻對著她說了一聲：「小姑娘挺不錯的，竟然有本事撐過春毒。不過星盜的生涯可也不比春毒簡單唷，就讓我看看妳能走到哪一步吧。」

漢諾雅語帶欣賞的說著，讓被稱讚的君兒面露靦腆。

只是見機會難得，君兒又趁著時間，拉著漢諾雅又詢問了關於卡爾斯的事情，希望能從不同人

口中了解卡爾斯不同的面貌。

然而漢諾雅卻也給出了和老醫師差不多的答案。

同樣的自豪驕傲、信賴敬重，讓君兒不得不推翻了自己過去對「星盜」的了解認知。

輕嘆了口氣，君兒決定暫時不去想卡爾斯的品性如何，這點她有兩年的時間可以慢慢觀察，目前還是以紫羽的事情為優先，至少她要替紫羽爭取一些權益，這是她唯一可以做的。

漢諾雅帶著君兒來到用餐區一處隱密角落的包廂大門前。

「到了，老大這個時間應該是在休息，打擾到他可能會讓他脾氣不太好，我就不陪妳囉，妳自個進去吧。之後有什麼事情可以來找姐姐我唷。」她朝君兒拋了個媚眼，轉頭笑盈盈的離開了。

站在包廂門前，君兒深吸口氣，平靜心情，抬手按下光腦面版上的提示鈴，提醒卡爾斯有人來了。

光腦面版上傳出卡爾斯的聲音：「誰啊？不是說過老大我在休息不准打擾嗎？！哪個殺千刀的自己上門找砍？」惱惱的聲音顯示他此時的不愉快。

「……是我，淚君兒。」

＊　＊　＊

聽聞來者回應，包廂內的卡爾斯先是一愣，卻是沉默的控制光腦開啟包廂大門。君兒神情平靜的走了進來。

卡爾斯淡淡一笑，語帶調侃的說：「哦，打來哪來的稀客？妳找我有事？」

「卡爾斯先生，我想找你談談關於紫羽的事情。」君兒面色堅定的看著卡爾斯，臉上有著一絲決然。

卡爾斯在君兒提起來意以後，眼神帶上了審視。

他比了一個「請進」的手勢，自己則自顧自的坐在位子上獨自斟酒。

就在君兒尋了個離卡爾斯有點距離的位置坐下後，卡爾斯率先一步冒出一句話：「妳想談那傻姑娘的什麼事？如果妳是想要我放棄賭注，不可能！還是妳還想要跟我再繼續賭博？要知道妳已經沒有籌碼了大小姐……現在的妳還能拿什麼來跟我談她的事？」

卡爾斯的語氣有點冷，帶著一絲嘲諷。

君兒輕嘆了聲，表情平靜。

「我知道我已經沒有資格再提其他跟紫羽有關的賭約，而我這一次來也不是要跟你談這些……紫羽告訴我，雖然我們是朋友卻分屬兩個未來，她明白自己就算離開，在新界也是危機重重，所以

才會跟卡爾斯先生你下了這次的賭注。」

「紫羽已經把一切都告訴我了，但有些事，我想還是由我親自來跟你談會比較好……我希望無論最後的賭注勝負如何，你都可以好好照顧紫羽，她是個值得被溫柔對待的好女孩。」

聽出了君兒語中暗藏的意思，卡爾斯先是挑起劍眉，爾後手托下顎，沉默專注的傾聽。

君兒面帶無奈哀傷的說：「我沒辦法拯救紫羽，沒辦法成為她永遠倚靠的那個人，我唯一能做的，就是盡可能的為她尋覓一位願意珍惜她的人。」

「紫羽是個單純天真的女孩子，平常的個性很是懦弱膽小，可她同樣也是位細膩敏感的人，因此容易會因為別人的態度反應而受傷或難過。」

「她很善良，善良到從來不怪罪以前在家族裡欺負她的其他大小姐；她單純，所以不會計較太多，願意為重視的人不求回報的付出；她天真，所以也容易滿足和開心喜悅；她所求不多，只是希望有個能夠庇護她的所在，讓她能自由的使用光腦擺弄數據。」

「紫羽喜歡粉色系，娃娃能夠讓她有安全感，喜歡跟光腦有關的書籍……」

君兒就像在覆誦她對紫羽的了解一樣，將她所知有關紫羽的事情全盤說出。而卡爾斯也沒有打斷她，只是靜靜的聽著。

「……紫羽就是這麼一個只要有人對她一分好，就會還以十倍的傻女孩。」君兒最後下了結

語，然後幽幽一嘆，並不指望卡爾斯能聽進多少，只求他多少記下紫羽的一、兩件小事。

卡爾斯審視的望著君兒，沉聲問道：「妳告訴我那麼多，就只是希望我能好好對待她？」

「嗯。」

卡爾斯試探的問：「……如果我說不呢？」

話才剛說完，君兒神情霎時變得冷酷鐵青。

「我會帶她走。」君兒壓下心中因為卡爾斯這番試探而浮現的怒氣，冷漠的回以注視。

「哼，帶她走？諒妳沒那個本事。而且就算離開了，帶著她妳也走不了多遠。」卡爾斯語帶諷刺的說著，卻沒忽略君兒眼裡對自己的銳利審視。

「希望你真的是值得紫羽託付後半生的男子漢。」

卡爾斯冷笑，卻沒打算正面回應，只是用輕佻的語氣回道：「妳說的這些我就勉強聽進去，至於我和她的事，沒妳插手的分，下不為例。要記得，就算妳撐過春毒，還是得為我工作兩年。在這段時間，妳可得喊我一聲『老大』，並且乖乖做好下屬的本分──在星盜團裡可不比皇甫世家，大小姐的驕縱刁蠻在這裡可不適用，收斂妳的驕傲脾氣，其他星盜們可不像老大我這麼好說話。」

「我知道了，卡爾斯先生……不，老大。」

卡爾斯的沉聲警告讓君兒多看了他幾眼，隨後有些彆扭的喊出了對卡爾斯的新稱呼。

「還是謝謝你這段時間對紫羽的尊重，以後就請多多指教了，卡爾斯老大。」

第二次這樣稱呼，君兒說得倒是順口多了。

就在君兒離開以後，卡爾斯臉上的冷漠嚴肅這才淡去，因為君兒先前那一聲「老大」，讓他頗是滿意的笑出聲來。

「哼哼，那頭惡鬼喜歡的女人要叫我老大欸，嘿嘿嘿！」

不過，想到了君兒轉達關於紫羽的那些事，卡爾斯臉上不由得浮現深思與慎重。

君兒是真心要將紫羽託付給他的嗎？雖說這是一場賭下了一生的豪賭，但誰說不能反悔、不能不履行呢？

只是聽君兒說了紫羽的性格與處事方式以後，他忽然覺得好好對待她似乎也是一個不錯的選擇。至少，她也會對自己好……

「先把剛剛收到的消息記錄下來，之後再慢慢計畫好了。沒想到那位駭客小羽毛竟然會是個怕打雷又怕黑的膽小大小姐。」

而就在卡爾斯記錄著紫羽的二三事時，包廂內的一處空間忽然扭曲，走出了一道偉岸身影。

戰天穹神情有著難得的怒氣，一走出空間縫隙後便逕自在卡爾斯對面的座位上落坐。

「羅剎那混蛋……！」戰天穹低聲咒罵。

感覺到戰天穹的怒氣，卡爾斯一臉愕然，詢問道：「幹嘛？你不是終於聯繫上羅剎了嗎？怎麼又氣成這樣？」

「有說跟沒說一樣，那混蛋還是打死不肯多說什麼。」戰天穹對羅剎的隱瞞感到無奈。

他一直以為羅剎能解答他內心的疑惑，卻沒想到最後什麼也沒能知道，反而還留下了更多疑點。更別提噬魂似乎又再度有了甦醒的跡象，壓制不是長久之計。

「那傢伙總是神秘兮兮的，他不說也沒辦法硬逼他說……喂，阿鬼你還好吧？我又感覺到噬魂獨有的那種負面氣息了。」卡爾斯皺眉，對戰天穹的狀態感到憂慮。

戰天穹嘆息了聲，讓自己躺靠在舒適的沙發上，臉上的疲憊不減反增，卻還是靠著那強悍的意志力強撐著。

「……還可以，至少我可以撐回新界。」

「好好休息，別給噬魂趁虛而入。」

卡爾斯一嘆，不再提這件讓戰天穹困擾的事情，轉而提起了君兒的事：「對了，過幾天我會替君兒舉辦正式入團的歡迎會，你要來參加嗎？」

「……這種事不用問我，我不會去的。」

再一次拒絕了卡爾斯的邀約，戰天穹闔上眼，不打算再讓他追問更多。

「至少君兒成功度過毒發，我也放心了。之後就交給你安排了。」

「還以為你開竅了，沒想到還是一樣悶騷……不過就是看個一眼會怎樣嗎？」卡爾斯埋怨著，然後不理戰天穹，繼續記錄紫羽的事。

戰天穹只是沉默，他望向了窗外星空，赤眸複雜。

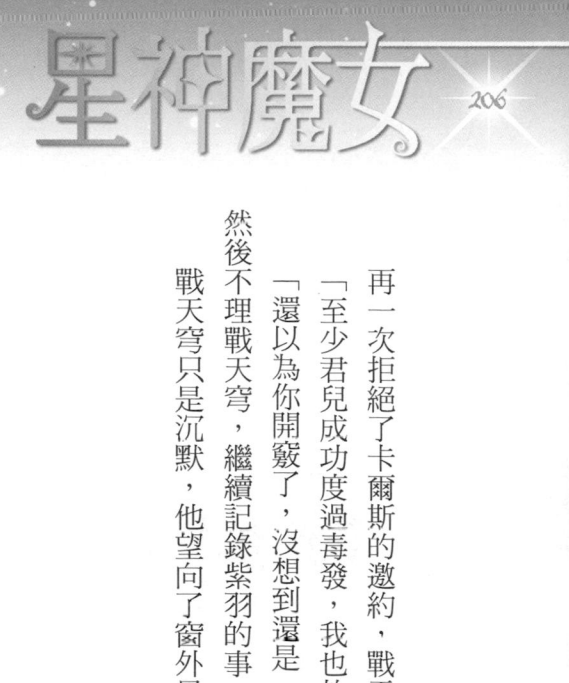

Chapter 60

今天開始當星盜

「靈風，你還在這裡幹嘛？歡迎會要開始囉！嘿嘿，竟然是那兩位大小姐其中一位要加入我們的星盜團哩！這樣以後團裡又多一道賞心悅目的美麗風景了，希望以後老大能多招收幾個有能力的美人啊，就算不能吃，大飽眼福也行。」

矮個子星盜笑得一臉猥瑣，對著身旁身形修長的黑髮星盜如此說著。

「……我不想去。」

黑髮星盜的聲音非常好聽，溫和輕快的猶如林間吹過的輕柔微風一樣。只是他的語氣慵懶，似乎對有新人加入這件事不感興趣。

這名星盜有一頭純粹黑色的凌亂髮絲，散亂眼前的頭髮幾乎遮掩住了他的大半面容，隨意塌在臉上，甚至還蓋住了視線，讓人無法看見他的眼睛，但不難看出他其實有著非常好看，卻又不會太過剛硬的臉龐線條。他嘴邊的笑弧灑脫又慵懶優雅，給人一種與星盜截然不同的另類氣質。

「欸，靈風，老大可是千交代萬交代你一定要出席的，據說是要將那女孩交給你指導照顧，不知道有多少人羨慕你呢！」

矮個子星盜一臉羨慕的樣子，只是那名名喚「靈風」的星盜卻是抿起了唇，似乎對卡爾斯擅自決定這件事有些不悅。

「那是老大自己決定的，與我無關。」

「整個團裡就只有你敢這麼囂張、敢不理老大的。算了，總之我已經把我該轉達的告訴你了，要不要去隨便你。」矮個子星盜摸摸鼻子，自討沒趣的離開了。

黑髮星盜仰望窗外，就是不知那被髮絲遮掩住的雙眼，究竟看不看得見外頭的美麗繁星。

「罕見的黑髮黑眼，年齡也正好對上十六年前星辰淚火降臨的時間，同時也是被『凶神霸鬼』重視的女孩，她會是我一直在找的『那個人』嗎？」

黑髮星盜淡聲低語，臉龐浮現一抹略帶哀傷和無奈的笑容。

「會是我和哥哥必須奉獻一切去保護的人嗎？」

他苦笑，對自己無能違逆的命運感到悲傷。

「該來的還是來了……」

黑髮星盜抬起自己的右手背，手背上頭烙印著一幅只有半片羽翼的深色圖騰。

良久後，男子轉身離開，卻是往與會場截然不同的方向前進，似乎沒打算參加那場「歡迎會」。

他閒散的伸懶腰打哈欠。

「管他的，等躲不過的時候再說吧。」

靈風輕哼起家鄉小調的曲詞，不想去理會心頭那沉甸甸的感覺。

＊＊＊

卡爾斯惱火的瞪著那名空手而歸的矮個子星盜，臉色既是怒氣也有著滿滿的無奈。

「靈風那傢伙呢？！我不是交代他一定要到嗎？」

矮個子星盜撓著後腦勺，笑得可尷尬了。

「老大你也知道那傢伙一向對歡迎會沒興趣嘛，我把話交代給他之後，他說他不想來。」

「那傢伙真是……要不是看在他是少見的符文師這個身分上，我也才懶得把君兒交給他指導呢！那個愛裝紳士的毒舌男！」

卡爾斯一臉苦惱，顯然也拿那位靈風很是沒轍。隨後他無奈擺手，決定晚點再介紹靈風給君兒認識。

「算了，既然他不來，之後我就帶君兒親自去找他！大家都各自去忙工作吧，反正缺他一個人歡迎會還是得進行。」

「哈哈，靈風那傢伙就是這樣，脾氣古怪的要命。不過說到這一次的歡迎會，老大偏心，重女輕男！當初我們入團的時候都沒有那麼盛大！」一位星盜出言調侃，試圖和緩卡爾斯的怒氣。他的

語氣充滿開玩笑的意味：「既然這樣，老大就多招幾個美人入團好了，每天看著一群臭男人我眼睛都瘦了，老大你就多多慰勞慰勞我們的眼睛吧？哈哈。」

卡爾斯登時大翻白眼，嘴角一扯，無奈回應：「你以為我不想嗎？美女難找，有能力的美女又想當星盜的更是少之又少，老大我每天都對著你們這群粗野漢子，我才是最辛苦的好不好？！」

「所以老大，為了我們大家的眼睛著想，請你多找幾位美女吧！」

星盜哈哈大笑，惹來一干同夥的連聲讚同，直讓卡爾斯滿臉黑線。

卡爾斯回想他在星盜生涯裡的千年歲月裡頭，遇過的有能力又有意願當星盜的女性，全部加起來都還沒十根手指頭多！由此可見女性星盜的稀有罕見，這哪有可能說想找就找得到？

星盜們又互相吆喝調侃了一會，這才繼續開始忙碌起來。

原本寬敞的用餐區，在星盜們的通力合作下，正趕工準備改制成臨時的歡迎會會場，不過牆上掛的不是彩帶，而是各式各樣暫時染上各種顏色的簡單布條。

或許有些簡陋，卻充斥著野蠻自然的氣息。

在這天他們也放下了星盜的身分，單純以夥伴的身分迎接一位新夥伴的加入。雖然這一次新加入的是一位年輕的小女孩，但只要是女性，就足以讓這些長年身邊只有同性的漢子們開心得不得了。

只是君兒的加入，不少星盜還是抱持著觀望或懷疑的心態。

星盜生活殘忍危險，她撐得過去嗎？

想要在這個殘酷世界生存下去，不僅需要一顆堅強的心，還要懂得對自己與敵人殘忍才行。

＊＊＊

此時的君兒穿著一身剪裁大方的黑色軍裝。這刻意為女性設計的貼身布料，將她一身鍛鍊勻稱的好身材展露無遺，筆挺的裝束更讓她英姿煥發。

這是君兒第一次穿上軍裝，她很快就喜歡上這種既輕便不阻礙行動，不失儀態又優雅大方的服裝。難怪緋凰以前在皇甫世家從來都是軍裝打扮的。

君兒跟在漢諾雅身後，聽著她介紹戰艦上的各個區域。

她昂首闊步，卻又不失優雅的走在漢諾雅身側。舉手投足間，透露著在皇甫世家接受的良好教育，驕傲卻又不失內斂，就是那雙漆黑眼眸裡的冷靜堅定，讓人總會駐留目光。

「……大概就是這樣，其他有額外的注意事項，老大交代的那個人應該會告訴妳吧。」

漢諾雅帶著君兒認識戰艦上的每個區域，而在提到未來將指導君兒的「那個人」時，神情不由

得有些古怪。

「竟然會找靈風那個怪脾氣的傢伙來指導妳，真不曉得老大是怎麼想的？」

君兒好奇詢問：「那位靈風很奇怪嗎？他是個什麼樣的人呀？」

漢諾雅顯然不想多提這位靈風，只是臉色僵硬的隨意回答：「呃，是個脾氣古怪、講話惡毒、自以為紳士的古怪符文師……總之那是個怪傢伙，妳先做好會被他刁難的心理準備就是了。」

君兒在聽到「符文師」一詞以後，頓時面露了然。

卡爾斯既然知道她已經覺醒精神力又能掌握符文凝武技巧，之所以會找上這位名喚「靈風」的符文師來指導她，或許是為了好好栽培她？

這件事鬼先生不曉得有沒有參與其中。因為君兒仔細思考了一番，總覺得這一切都太過巧合了。如果她沒在當時的昏迷事件中意外知道了鬼先生守候在她身邊的事，她不會有這番聯想的。想到那個人正默默守在她看不到的地方，君兒雖然欣喜，同時也有些氣惱自己還是太弱了，因此鬼先生才會放心不下的暗中保護她。

「希望成為星盜能為我帶來更多的成長。」

君兒這段堅定的語詞，惹來漢諾雅不以為意的笑聲。

「小姑娘，千萬別看輕星盜這職業囉！雖然說妳的意志堅強讓很多人都很欣賞妳，但面臨生死

關頭，希望妳還能保持這樣的冷靜與穩定。要知道，星盜可說是這個世界上最危險殘忍的行業。就連我，也不能保證自己每一次出任務都能存活下來呢。」

「我相信我自己！」君兒斬釘截鐵的回應。緊握的拳表明了她的決心。

為了能在兩年後讓戰天穹看見她的卓越成長，她得更努力才行！

漢諾雅不予置評的笑著。就是不知是因君兒的膽大妄為而笑，還是在嘲弄她的不自量力？

＊　＊　＊

聚集在臨時裝潢成宴會會場的用餐區，人群開始變得洶湧。

接到有新人加入的消息，星盜們紛紛放下手邊工作趕來會場，就是想看一看那位加入星盜行列的「大小姐」。

「新夥伴來囉！是位年輕小女人唷！」

「在哪？哦我看到了！」一位星盜吹了聲口哨，衝著君兒表達自己的欣賞。

「咦？和靈風同樣的髮色呢……」

「對啊？好稀有的髮色。」

而隨著漢諾雅帶著君兒到來，一些不認識君兒的星盜，卻是因為君兒擁有的黑髮黑眼，彼此交頭接耳的討論了起來。

「稀有的黑髮黑眼，這位大小姐竟然擁有跟那位毒舌靈風一樣的髮色，該不會就是老大叫靈風一定要到場的原因吧？」

某位星盜與同伴竊竊私語著，這句話不經意的傳進了君兒耳中，讓她先是訝異，爾後更是對那位靈風多留了份心眼。

她環視人群，想找出星盜討論的那位擁有跟她同樣特徵的人。然而，在沒有看見與自己相同髮色的人之後，君兒稍微有些失望。最後乾脆拋棄了探究此事的心情，既然都在同一艘戰艦上，那麼遲早會見面的。

就在走進會場時，君兒也和不少星盜交會了眼神。有些人神情冷漠像是不以為，有些人則是友善爽朗的點頭示好，也有人面露探詢與審視，更有人面露嘲諷與懷疑。

君兒只是沉默，神情沒有因此而有任何變化。

旁人的目光無法讓她感覺膽怯懦弱，更不可能阻止她的前行！

會場中心，卡爾斯正站在一張橢圓長桌前，見漢諾雅將君兒帶了過來，咧嘴一笑，開玩笑的說：「漢諾雅，一向愛美的妳難道沒有多花時間為今天打扮打扮嗎？我還以為妳們兩位女性會讓我

久等呢，沒想到竟然這麼準時？」

漢諾雅被調侃也不覺尷尬，而是一撩金髮，風情萬種的笑答：「今天的主角又不是我，再美麗也輪不到我受矚目不是嗎？」

隨後，她稍微退開了位置，讓君兒站到了卡爾斯身前。

卡爾斯動作輕盈的直接站上了長桌，同時示意君兒也站上來。也因為卡爾斯的這番舉動，原本吵鬧的會場頓時轉為一片寧靜。

星盜間的默契讓君兒看得有些訝異，她因此多看了卡爾斯幾眼。

就讓她看看這位星盜老大，究竟有什麼樣的魅力能讓人為之臣服吧！

卡爾斯清了清嗓子，在桌上站定，同時將手搭到了君兒肩上。他對著包圍長桌外的星盜們笑問：「不曉得大家還不記得，之前有位大小姐不知死活的用撐過春毒毒發作為條件跟我打賭的？」

眾星盜齊聲附和道：「記得——」

「既然大家記得，那麼我想大家應該也知道了這位大小姐毒發的結果……她，憑自己的意志力，撐過去了！」卡爾斯語氣先是凝重，隨後拉高音階，激昂的說出了結論。

不得不說卡爾斯的語氣很有煽動性，讓星盜們發出了此起彼落的驚呼聲。

接著，卡爾斯卻是爽朗的笑了起來，絲毫不認為自己賭輸是一件難堪事。他的坦蕩也讓君兒暗

中記下了他的這點特質。

「我還以為這位嬌滴滴的大小姐絕對撐不過呢，但沒想到她竟然單憑自己的意志力就撐過毒性發作——所以老大我輸了！那麼按照當初的賭注，她將從今天正式成為我們『黑帝斯』星盜團的其中一分子！不僅僅是得到我們的庇護，她也將會參與戰鬥、面臨危險、成為在場或不在場每一個人交付生死的同伴！」

「儘管一開始大家可能沒辦法接受她，但就由她——淚君兒，親自用努力與堅持向大家證明她的能力吧！就讓我們親眼見證這位大小姐脫胎換骨的過程，看看她能夠成長到何種地步！」

洋洋灑灑的講了一會，卡爾斯這才正式宣布：「從今天開始，這位淚君兒小姐，將會成為我們黑帝斯星盜團首席符文師『靈風』的頭號助手！她的地位與醫療官等級相同。任何人不准挑釁、傷害、或是有任何猥瑣低賤的行為！」

「為了慶祝我們星盜團又迎來一位新的美人夥伴，今天大家不醉不歸！」

卡爾斯暢快一笑，高舉手中的酒杯，頓時惹來星盜們的歡呼聲。接著便是各自開始斟酒豪飲，有不少星盜紛紛前來君兒前方道賀，實則接近觀察這位新來的俏人兒。

卡爾斯這時和君兒一碰酒杯，不經意的提起了那位他為她安排好的老師。

「可惜，這一次靈風那傢伙竟然又落跑了，只能下一次再介紹你們認識。靈風可是『陣神滄

瀾』的學生之一哦，他掌握著和妳同樣的技術……」

礙於人多，卡爾斯沒有直白的說出君兒擁有符文凝武技巧的事情，可他的這番話，卻讓君兒原本的疑慮也徹底消散了。

卡爾斯的認真讓感覺敏銳的君兒明白，卡爾斯是真心有意的要栽培她。

這讓君兒微微一笑，開心的回以感謝：「謝謝老大！」

「只要妳喊我一聲老大，那老大就永遠都是妳的老大！」

卡爾斯對君兒這樣稱呼他感到很是滿意，便信誓旦旦的拍胸宣示。

隨後的歡慶會，君兒邊和迎面而來的星盜敬酒，同時暗自慶幸好在待在皇甫世家時曾經接受過酒量的鍛鍊，不然此刻她早就狼狽醉倒了吧？

此時的她麻木的敬酒，心思卻早已飄得老遠。

她忘了要尋找同樣黑髮的人，而是開始在人群中尋找有沒有赤髮赤眼的對象，就像是希望能在這人潮洶湧的情況下看見某人似的。只是她心裡也明白，以戰天穹的性格，是絕對不會讓她知道他就在她身邊的。這讓君兒臉上浮現一抹失落。

始終觀察著君兒的卡爾斯微瞇眼眸，自然沒有錯過她的表情變化。

「怎麼？不會是對這酒不滿意吧？」

「不，只是在想一個人……」君兒喃喃的說著，眼裡有著思念。

卡爾斯飲著酒，嘴邊卻翹起一道彎弧。

他試探性的問道：「該不會是在想念愛人吧？呵呵。」

「是一位很重要的人。」

君兒語氣平靜，俏臉卻在瞬間閃過一抹緋紅，這讓卡爾斯眼裡閃過深思。

「不是愛人嗎？那就不曉得我那位笨蛋老友的一番心意，能否得到回應呢？」卡爾斯狀似感嘆的說。

君兒面帶困惑的朝他看去。

卡爾斯趁著戰天穹的精神沒注意此處的情況下，跟君兒稍微透露了些關於他的消息。

「如果，妳重視的那個人自稱一個『鬼』字，又有著赤髮赤眼的話，那麼我想或許有機會我們私底下可以來談談那傢伙的事……噓……」他悄聲低語，同時還比了一個噤聲手勢，示意君兒不要聲張。

卡爾斯的舉動因此讓君兒眼睛一亮，難掩激動神情。

果然，鬼先生認識這位星盜老大！

Chapter 61

贗品

宴會結束以後，君兒回到她和紫羽新安排的房間裡頭。

紫羽興致勃勃的繞著君兒打轉，東扯扯衣袖、西拉拉衣襬，笑得可開心了。

「君兒穿得好漂亮，這不是緋凰最愛的軍裝款式嗎？沒想到君兒穿起來也這麼美。」只是隨後紫羽又有些小難過，噘著嘴埋怨道：「可惜我不能去參加妳的歡迎會，卡爾斯先生凶巴巴的威脅我不准去。」

想起卡爾斯的威嚇，紫羽皺著小鼻子，臉上滿是氣惱。

君兒輕笑，輕輕拍了拍紫羽的腦袋以表安慰。

「還好妳沒去，不然一定會被那些過度熱情的星盜們嚇死。」君兒笑道。

她慶幸紫羽沒有參與宴會，星盜雖不失真性情，但對紫羽這個天真的女孩來說，還是太過野蠻粗魯了。更別提有些人對待她的態度就跟過去那些排擠她的大小姐一樣，她實在不願紫羽接觸那些現實面。

紫羽皺著眉頭，又埋怨了卡爾斯幾聲，最後才無奈垂下肩頭。她現在就像等著被豢養宰割的小兔子一樣，等著毒發。雖然她已經預先做好心理準備了，但還是忍不住有些惶恐。

好在君兒毒發過後沒多久，兩人就從病房換到了更舒適的房間，卡爾斯也終於允許她使用光腦系統，讓她可以藉此轉換心情。

卡爾斯的大方多少消弭了紫羽的不滿。

只是，在能夠使用光腦系統以後，紫羽卻發現緋凰她們僅僅只使用了一次四人之間限定的聯繫方式，並留下一句「我們平安」的內容以後，有很長一段時間都沒有任何聯繫與回報消息，這讓她感到有些不安。

今日看著君兒身上的裝束，紫羽忍不住想到了緋凰和蘭，表情顯得憂心忡忡。

「君兒，緋凰她們會沒事的吧？」

聽紫羽提起她們兩人，君兒表情也跟著變得凝重。

她們四人明明約好了若是搭上逃脫飛艇，就要透過紫羽在光腦系統上設置的私人頁面回傳訊息。那個訊息頁面經過紫羽特殊加密，外人無法使用，除非強制攻破，否則沒有辦法侵入看到她們留給彼此的訊息。

但就像紫羽說的那樣，緋凰她們上了飛艇也留下了訊息，可之後卻沒有任何消息，不曉得是不是發生什麼事情了？

可在紫羽查找不到任何資料的情況下，也只能祈禱她們平安了。

君兒安慰道：「會沒事的。」

「嗯……君兒，我好想蘭哦，不曉得她們現在怎麼樣了……我從來沒有跟蘭分開那麼久過。」

思念親人，紫羽垂著頭，眼眶忍不住紅了。蘭和她雖是表親關係，卻在幼年時與她一樣失去了母親。她們兩人從小一起長大，感情可比親姐妹還深厚。

君兒沒有兄弟姊妹，所以不懂紫羽和蘭之間的姊妹情，卻很是嚮往羨慕。

君兒心懷感慨的說道：「真羨慕蘭有妳這個那麼關心她的妹妹。我也經常會想，如果我的爸爸媽媽還在，我有兄弟姊妹就好了。可是我從小就是個孤兒，連爸爸媽媽為什麼拋棄了我都不知道。這輩子，我也只有爺爺跟鬼先生了……」

君兒苦笑著，神色黯淡。

提起家人，她心靈一角的空缺還是會隱隱作痛。哪怕自己可能已經確認了自己母親和兄長的身分，但那難分真假的幻夢讓她至今還是有些迷惘。

一聽君兒提起自己的家人，紫羽這時才想到君兒在過去委託她查探的一件事。那件事直到現在紫羽才終於查出了答案，然而想起那個結果，卻讓紫羽有些不知道該如何開口才好。

紫羽躊躇了一會，最後小心翼翼的開了口：「君兒，妳之前讓我查的那件事有消息了，可是妳在聽結果之前，要先做好心理準備喔。」

君兒一愣，聽紫羽的語氣還以為是沒查到呢。她嘆息了聲，開口就想安慰紫羽，然而紫羽就像知道她誤會了意思一樣，趕緊搖頭解釋。

「確實，我是查不到妳母親的資料，但我查到的消息妳可能會更驚訝。」

紫羽看了君兒訝異不解的神情一眼，鼓起勇氣，繼續將話說了下去：「其實——君兒，妳根本沒有皇甫世家的血統！所以查不到妳母親的資料是理所當然的。妳身上的印記跟皇甫世家的天賦印記一點關聯都沒有，是皇甫世家刻意為了製造出更多可以買賣的大小姐，而假造資料的『贗品』！」

「……『贗品』？！」

聽到這句話，君兒的神情只剩下震驚愕然。

「妳是說，我根本不是皇甫世家的人？！」

君兒喃喃問著，想起了自己和緋凰她們不同的腹部印記。起初還以為自己可能是特殊案例，緋凰她們也不明所以，沒有往這方面去探究。直到此刻紫羽查明了真相，她這才明白，原來自己身負皇甫世家天賦的這件事，根本就是個天大的謊言！

就因為自己腹部上的這個印記，害得自己必須和親愛的爺爺生離死別，害得自己必須學習堅強並承受屈辱——這一切究竟是為了什麼？就因為皇甫世家要製造「贗品」出售而已嗎？！

君兒的表情逐漸染上憤怒與悲哀，在沉默了許久之後，最後忍無可忍的開始狂笑出聲。

她這樣眼角帶淚卻笑得瘋狂的模樣，讓紫羽嚇得不知該如何是好，只好扯著她的衣袖，緊張君

兒這樣失控的狀態。

「哈哈哈！這是我知道最愚蠢的消息了！皇甫世家就因為這個理由，所以派人抓走我，害我錯過爺爺臨走前的最後一面，還燒了我和爺爺的家，就因為要將我當作『贗品』？呵呵呵……好，很好……」君兒笑到肚子都疼了，但眼淚卻落了下來。

在這一瞬間，她突然覺得這一切好不值得。

「君兒妳不要這樣，我會很擔心的。」紫羽緊張的眼眶泛淚，想要安慰卻又無從下手。

「呵呵呵……我沒事，只是覺得很好笑而已。」

君兒隻手掩面，笑聲卻顯得瘋狂壓抑。很快的，強悍的心智就讓她徹底清醒，原先的瘋狂不見了，剩下的只有無止境的冰冷淡漠。只是心口的沉重幾乎壓得她就要窒息。她眼神空洞，對這一切彷彿全失了興致，讓她備感頹喪。

君兒繞過紫羽，她逕自走進卡爾斯替她們安排的新房間，無精打采的躺到了床上，拉起棉被，暫時不想面對現實。

「君兒……」

「我沒事，我睡一下就好。」

君兒不想多談，心裡的壓抑難受讓她低啞了嗓音。

紫羽手足無措的站在君兒床前，她又不敢硬是將君兒拉起來鼓勵，現在連她也跟著難受了。

早知道就不要告訴君兒這件事了，現在該怎麼辦啊嗚嗚……

她臉色惶恐，隨後像是想到了什麼，匆匆忙忙的交代了君兒好好休息，自己則忘了卡爾斯的告誡，獨自離開了房間就想找人求助。

獨自留下的君兒一人臥在床上，難掩心中傷痛。她沉浸在自己的悲傷情緒中，甚至連紫羽獨自外出都沒注意到。

「爺爺……對不起，都是我……都是我害你的……」

如果不是自己無意間向人透露自己腹部上有印記的事，皇甫世家不會因此找上來、爺爺也不會帶著憂心過世……

可以說，此刻的君兒完全將爺爺的死全怪罪在自己身上，怎樣也無法原諒自己。

＊＊＊

紫羽不顧卡爾斯原先的警告，在沒有君兒或其他認識的人陪伴之下就獨自外出。這下可好，才剛離開房門沒多久，膽小的她如同羊入虎口似的，很快就被好奇的星盜圍困一處。

「對、對不起……請問卡爾斯先生在哪裡呢？」紫羽怯生生的問著。

她這樣驚恐的模樣，激起了星盜們耍弄她的興致。

「嘖嘖，這個大小姐比黑頭髮的那位還可愛呢。瞧這小兔子般的神情，真想讓人欺負她。」

「是很可愛沒錯，不過她可是老大內定的女人。你可要收斂點那粗魯脾氣，要是把人家嬌滴滴的小姑娘嚇哭了，小心老大找你算帳。」

星盜們你一句我一句的，就是不跟紫羽說卡爾斯在哪裡。

星盜們帶著惡意的接近，讓紫羽緊張的就要哭了。

就在這時，一道淡漠清冷、語調優雅的男聲突然傳了過來，語氣充滿不耐煩。

「喂，你們鬧夠了吧？」

擁有一頭黑髮的星盜自迴廊另一側走了過來，他的眼眸被一頭亂髮遮掩，薄唇輕抿，似乎對星盜們耍弄紫羽的行動感到不齒。

「嘖，竟然會遇到毒舌靈風……這個時候你不是都待在你的植栽室嗎？」

星盜們紛紛收斂臉上的戲謔，似乎對這位黑髮星盜心存顧慮。

「鬧夠了就滾邊去！不要以為卡爾斯不在場你們就可以這樣放肆。他或許就算知道了也只會簡單責罰你們，但我可沒那個顧忌，我可是不介意找幾個人來練練手喔？欺負女孩子，哼，無聊！如

果你們很閒的話，不如來當我新開發的藥劑實驗品好了？」

黑髮星盜帶著惡意低聲笑著，然而他嘴邊那與尋常星盜不同的優雅笑意，讓他在一群蠻橫粗獷的星盜群裡頭顯得特別突兀。

聽到「實驗品」一詞，幾名星盜登時像是被閹割了的公雞，臉色鐵青蒼白的望著黑髮星盜，卻是沒一個人再敢多加放肆。

見星盜們慢慢退去，這才讓紫羽撐著有些發軟的雙腿離開那個讓她驚嚇害怕的所在。

「笨蛋，對，就是說妳，還不快過來！妳不是要找老大嗎？我帶妳去找他。」

黑髮星盜直指紫羽，稱她作「笨蛋」。他語氣中那充滿困擾不耐的態度讓紫羽有些怯弱，最後還是走到了他身邊，保持一小段距離跟上了他轉身離開的腳步。

黑髮星盜腳步溫吞的帶著紫羽遠離了那群星盜以後，他才冷聲開口，語中盡是責備。

「妳是笨蛋嗎？我想老大應該有警告過妳們這兩位大小姐不要單獨外出吧？另一個黑頭髮的倒是比妳機靈多了，至少還有找休斯頓或者是漢諾雅陪同。妳是腦子抽了還是出生時少了根筋，竟然單獨跑出來被一群怪叔叔圍困？若是我沒路過，到時候看妳怎樣死都不知道。」

黑髮星盜如此說著，語詞尖銳，說得紫羽臉色越來越蒼白。

最後他嘆息了聲，埋怨道：「真是麻煩。」

紫羽雖然緊張、難過，卻還是鼓起勇氣道歉道謝：「對不起，還有謝謝你救了我。」

邊說，她的注意力忍不住被男人一頭與君兒完全相同的深黑髮絲給吸引過去。

這是她第一次看到跟君兒同樣髮色的人，讓她忍不住在心裡猜想，這個人有沒有可能會是君兒的家人呢？

「不用道謝，我不過就是順路撿了一隻癩皮小貓要拿回去送還給她主人而已。」男人平淡的拒絕了紫羽的謝意，同時不忘毒舌一番。

紫羽囁嚅小聲的抗議道：「我才不是癩皮小貓……」

「喔？那剛剛那個不會保護自己而被一群惡狼圍住的笨蛋是誰？要想在星盜團裡獨自行動，妳得先學會保護自己才行，不然只會成為花瓶跟累贅而已。啊，該不會妳就是這樣拖累了妳另一位看起來精明幹練的朋友吧？」

男人雖然毒舌，卻直指事實，讓紫羽難過的紅了眼眶，低垂著頭默認了。

最後黑髮星盜帶著紫羽來到一間辦公處，他先是猶豫了一會，最後有些粗魯的拍了拍紫羽的腦袋，卻是出言鼓勵：「到了，如果妳不想繼續當廢物的話，就振作點吧，不然連累的是妳身邊的人。」

辦公室的大門在他的操作下打開了，正在跟一位下屬不知道在討論什麼的卡爾斯頓時一愣，回

頭在看見一臉委屈的紫羽以後，臉色從驚訝轉為震怒。

「妳這個笨蛋！我不是警告妳不要單獨離開房間嗎？！」卡爾斯氣得直接中斷討論，箭步一掠直往紫羽衝來，然後就是粗魯的抬指戳著紫羽額心，將那光潔的額頭都給戳紅了。

「笨蛋笨蛋笨蛋！我雖然有警告手下不准傷害妳們，但我可沒辦法約束那些血氣方剛、一年見不到幾次女人的蠻橫傢伙，要是妳被騷擾嚇哭的話……」

好吧，紫羽已經哭了，這讓卡爾斯無奈的大嘆口氣。隨後他的目光落在那貓著身子、踮著腳尖，就想裝作什麼事都沒發生，想要趁機落跑的黑髮星盜身上，神情更是惱火。

「靈風！你好樣的，竟然敢給老大我找到現在才出現！說，你混哪去了？！」卡爾斯活像找到離家出走丈夫的怨婦一樣，對著一直找不到人影的靈風大罵出聲，神情猙獰的可以。

「喔，路過剛好救了你家癩皮小貓，順手把她送回來，沒事的話我正在栽培一株重要的藥物，我先回——」靈風笑得尷尬，轉身就想逃走。

「……你在逃避什麼？」

卡爾斯皺著眉，忽然冒出了一句話，讓靈風邁開步伐的身形登時一頓，隨後慢慢收回了腳，沉默的不發一語。

見靈風沉默，紫羽哭泣，卡爾斯一臉頭疼，一手揪住靈風的衣襟，一手拉過紫羽的小手，強硬的將他們拖進了辦公室。

「既然都來了就把事情講清楚，別再給我逃了！還有妳，妳妳妳怎麼還在哭？不累嗎？戰艦都要淹水了！」

紫羽哽咽委屈的說出自己的來意，讓卡爾斯跟那位靈風皆是挑眉。

卡爾斯因為被紫羽求救而自我感覺良好；一旁的靈風卻是嘴揚嘲諷笑意，他雙手懷胸，保持觀望，不想參與這件事。

卡爾斯伸手捏了捏紫羽的臉頰，惹來她苦悶的嘛嘴。

見她這樣委屈，卡爾斯才輕哼了聲，針對她的問題給出了答覆：「妳竟然第一個就想到我可以幫忙妳，算妳聰明。不過，我有說過我要幫妳嗎？」

「……咦？！」紫羽一愣，不敢置信的瞪大了眼眸。

她望著卡爾斯帶著奸詐笑意的臉，心裡蔓延的委屈讓她再度紅了眼眶。

Chapter 62

只能繼續前進

卡爾斯雙手環胸，饒有興致的逗弄紫羽。

看著她面露愕然跟那淚眼汪汪的模樣，就讓人想戲弄她一番。

靈風對他們所談論的議題不感興趣，他逕自走到卡爾斯辦公室裡的一角慵懶落坐，百般無聊的泡茶獨飲，同時等待著能夠擺脫卡爾斯追問的機會出現。

紫羽氣惱的嘟起粉唇，淚眼汪汪的瞪著卡爾斯：「你、你這個人怎麼這樣？！」

卡爾斯嘿嘿一笑：「我是個星盜，星盜就是壞人的代名詞。要我做事可是要付出代價的，那麼妳打算拿什麼來求我幫忙妳？」

「壞人——」紫羽嘴一扁，眼淚就要潰堤。

而就在這時，似乎看不過卡爾斯這樣欺負一位怯弱少女的情況，一旁原本不想管事的靈風卻是冒出一句話，語氣嘲弄：「……老大，你不覺得耍弄一個年紀沒有你零頭數字大的小女孩，這樣很糟糕嗎？」

卡爾斯冷眼瞪向靈風，咬牙切齒的模樣像是和靈風有什麼深仇大恨似的。

「我的事不用你管！倒是你這段時間躲我躲得挺勤快的，今天怎麼不逃了啊？」

靈風沒理會卡爾斯的問句，他轉頭對紫羽露出一抹詭異笑容。他這副存有惡意的神情，讓卡爾斯頓時有些心生警惕。

靈風對著紫羽說：「癩皮小貓，要求老大辦事很容易，這死娃娃臉吃軟不吃硬，還有他喜歡別人把他叫年輕。嗯，這樣說妳應該知道該怎麼做了吧？」

完全是出於玩樂心態，靈風毫不猶豫的把卡爾斯給賣了，就想看看事態會發展成哪種有趣的地步，順便分散卡爾斯對他的注意力。

「喂，你胡說！老大我可是軟硬不吃！」

聞言，卡爾斯咆哮著否決靈風的說詞，可是那張娃娃臉上尷尬的潮紅，徹底洩漏了他的口是心非。

紫羽先是一愣，隨後在思考靈風所說的這一番話後，這才恍然大悟。

原來卡爾斯喜歡別人把他叫年輕？那既然這樣……

「那，反正卡爾斯先生看起來沒有大我多少歲，那我、那我——」

紫羽羞紅了臉，雖然覺得這樣做很害羞彆扭，不過為了能夠幫助君兒，她最後還是鼓起勇氣將話說出口來。

她淚眼矇矓，楚楚可憐的對著卡爾斯露出依賴和哀求的眼神，怯怯的低聲開口：「卡爾斯……哥哥，可以請你幫我開導一下君兒嗎？拜託？」

「噗！」靈風因此直接一口茶噴了出來。

紫羽稱呼卡爾斯的稱謂讓靈風渾身浮現雞皮疙瘩，卻也讓他難忍笑意的哈哈大笑出聲。

卡爾斯則因為紫羽對他的稱呼顯得一臉呆樣。他震驚的瞪眼張嘴，在一陣傻愣之後，結結巴巴的問：「妳叫我什麼？！」

紫羽最後只得扭扭捏捏的再喊出一次先前的稱呼：「卡爾斯哥哥。」

卡爾斯深吸口氣，雖說他先前否認自己喜歡被叫年輕一事，然而臉上的表情還是無可控制的從震驚轉為愉悅舒坦。

他雖然希望不要因為自己的容貌而被人認為年輕、被看扁，但相信只要是男人，誰不喜歡被女人甜甜的喊一聲「哥哥」？

「嗯咳，誰准妳沒事可以叫我哥哥了……」卡爾斯乾咳了聲，雖然心中暗爽，嘴上卻是辯駁。只是在看到紫羽因為他的反駁而面露失落的神情，卡爾斯又馬上改口：「嗯！不過看在妳這麼乖巧嘴甜的分上，老大就准妳喊我一聲『哥哥』好了！先說喔，我只是看妳可憐才准許妳這樣叫我的，不要誤會了知道沒有？！」

看著卡爾斯雖然想要強撐冷漠卻紅了耳根的臉龐，紫羽心裡覺得既有趣又好笑，同時也因為意外發現卡爾斯的弱點而沾沾自喜著。

能夠變相馴服這位霸道蠻橫的星盜老大，讓紫羽原本扭捏糾結的心情似乎也豁達些了。

隨後她想到君兒的情況，趕緊又拉著卡爾斯再提了一次自己的請求，當然這一次不忘用那甜甜的嗓音喊某人一聲哥哥，直讓某人自尊心高漲，完全忘了要跟靈風商談君兒的事，就這樣被紫羽拖走了。

「……老大啊老大，耳根子軟一向是你的優點也是缺點啊。」

靈風嘴角彎起滿懷算計的笑弧，最後鬆了一口氣，神情輕鬆的站起身子，趁卡爾斯還沒反應過來的時候，藉機離開。

「反正離植物熟成還有一段時間，去老地方看星星好了。」

靈風雙手在腦後交疊，看了看時間，決定去他專屬的秘密基地放鬆一下。

＊＊＊

戰天穹無聲的守護在此刻心情狀況不佳的君兒身後。

在感覺到君兒異常起伏的情緒狀態後，他就放下一切趕了過來，對總是堅強的她此刻卻如此消沉感到擔憂。

聽著君兒的喃喃自語，戰天穹很快便猜到了會讓她變得消沉的原因。

早在君兒和紫羽受傷被他和卡爾斯送到戰艦醫療室治療，老醫師休斯頓在為兩位少女做血液檢測時，就想比對出毒素的混合狀態及兩人的中毒程度，卻意外檢測出兩人的血液根本沒有共通性——是指血脈親族的關聯性。

同樣身為皇甫世家的大小姐，既然身懷皇甫世家獨屬的天賦能力，那多少會擁有遠或近親的血緣關係。

然而，休斯頓卻檢查出了這兩位少女根本沒有血緣關係的結果來！

他向卡爾斯轉達了這份消息，並更進一步的取得了被擄獲星盜戰艦上其他位大小姐的血液，這才查出了君兒其實並非皇甫世家血脈的事實。

傳言皇甫世家有暗中尋找腹有印記的女性作為大小姐「贗品」的卑劣行事，但根本沒人能證實這件事，現在竟然真給他們遇上了這樣一個「贗品」！

了解事情前因由來的戰天穹知曉此事，就很擔心君兒在知道這件事以後會怪罪自己害了她親愛的爺爺。但看樣子，君兒在知道了事實以後，還是無可避免的陷入消沉失落的狀態中。

心裡嘆息，戰天穹看著君兒喪氣頹然的背影，想要安慰，但探出的手最後還是收了回來。

他看著君兒走在夜晚時分燈光昏暗的迴廊上，似乎朝著某個方向走去，便靜靜的跟在她身後，深怕她會因為此刻出神頹廢的狀態遭到一些心懷惡意的星盜欺負。

好在這時間宴會已經結束，酒醉的星盜們不是回到寢室休息，就是留在用餐區繼續應酬。這讓戰天穹稍微安心了些。

現在的他不能出面，就怕若是此時現身，會讓君兒太過安心因而鬆懈身處星盜團中的危險。君兒得自己振作起來才行，不然就有可能在這裡輸給了自己。

君兒沉默前行，這段時間她在漢諾雅的帶領下也認識了不少戰艦裡的區域，而她記得在這個時間，那個地方應該是沒人才對。

迂迴蜿蜒的迴廊只剩下她的腳步聲，讓她覺得孤單。

最後，君兒來到位於戰艦最頂端的一處小型觀景花園。這裡因為距離星盜的生活區域較遠，使人多半不願浪費力氣來到這裡休閒。靜謐安詳的觀景花園正上方完全是透光的透明窗面，讓此處可以一覽外界浩瀚星空。

當戰艦航行於宇宙中，夜晚熄燈之時，正是此處最美麗的時刻。

點點繁星閃爍，灑落淡淡的光輝，讓君兒原本頹然的心情也因為受到了寧靜氛圍的治療，稍微能夠平復先前的負面思緒。

找了一處可以仰望星星的座位，君兒放鬆的落坐，卻是曲足雙手環抱著自己。

她看著宇宙裡的星空銀河，想起了許久之前自己也曾這樣和爺爺一起看過星星。

「爺爺……」君兒呢喃著這個給了她十四年溫暖的至親稱呼，忍不住滑落眼淚。

她從來不曾這麼後悔不聽爺爺的勸告，將自己身懷印記的事情說出去，為自己以及爺爺遭來橫禍。而今在知道自己其實只是皇甫世家刻意製造用來出售的「贗品」大小姐以後，她更是自責到不行。

當初的一個錯誤決定，讓她就此痛失平靜生活以及相依為命的親人，悔恨已經不能形容她內心的自責。

一旦牽扯上她內心最重要的存在，這樣的痛苦與自責更是成倍放大。

「嗚……」君兒將臉埋在雙膝裡，低聲哽咽。

就在君兒獨自哭泣不久後，一抹輕快又不失沉穩的腳步聲慢慢由遠而近，讓君兒防備似的抬起頭，飛快抹去了臉上的淚漬，同時戒備的看向傳來腳步聲的所在。

來人早就聽到了自觀景花園傳來的隱隱哭聲，頓時有些苦悶無奈的嘆息出聲：「誰啊？這麼晚了還躲在這裡哭。」

那是道好聽的、富有磁性的男人嗓音。

君兒止住哭聲，倔強的不想讓人聽見自己在哭泣。

她皺起眉，精神力雖然感知到了來人，肉眼卻看不清對方的模樣長相。這裡雖然景觀很美，但剛好那人站立的地方卻照耀不到星光，因而只看得見一道修長漆黑的身影。

來人正是靈風。他撓著後腦勺，嘆了口氣。

「真是，想躲也躲不開。」

聽到是女孩子的哭聲，靈風自然猜出了對方是誰。

在星盜團裡的女性不多，卻絕不會是會這樣躲藏獨自哭泣的女性。那麼最有可能的只剩下那兩位大小姐，而其中一位剛剛才拖著卡爾斯不知道上哪兒去，那麼只剩下一個可能性了。

稍微感應了一番，靈風沒有忽略附近空間裡暗藏的細微波動。

那位鬼大人也真是的，既然擔心又為什麼不出來安慰？

「喂，愛哭鬼，妳如果因為加入星盜很可怕不能適應的話，還是趕緊退出好了。」靈風直白的勸說著，一語道破君兒的身分。

靈風沒有因為戰天穹守在附近就對她放緩語調，而是用一種帶著淡淡嘲弄與同情的語氣說著這番話。只是他卻誤會了君兒哭泣的理由，還以為君兒是害怕即將開始的星盜生涯了呢。

君兒聽到男人勸說的語詞，淡淡的輕應了句：「我並不害怕星盜的生活，而是另有煩惱。」

她似乎不想讓別人誤會她哭泣的理由。

「哦？聽別人說妳是個很堅強的女孩，沒想到這樣的妳還會有煩惱？既然我現在閒著沒事又正巧遇上妳，不如就跟我說說妳到底在煩惱些什麼吧。」

靈風難得沒有毒舌，或許是感覺到君兒那沉重的哀慟，他也不是那種會戳人痛楚的人。他也明白，有時候痛苦若能說出口，哪怕是對著一位陌生人傾訴，這樣的壓抑也能夠得到解放。

他望向傳來空間波動的所在，見對方沒有對他的提議表達警告或其他，就表示對方默許了他這樣的提議。或許對方也認同他這樣的建議也不一定。

「妳放心，在妳說完以後我會當作什麼事情都沒發生。」

或許是對方的語氣溫和平緩，以及那會讓人不自覺鬆懈防備的聲調；也有可能是君兒確實需要一位能傾聽她心聲，卻又不像紫羽會一直操煩擔心她的對象，這使得君兒逐漸放下了戒備。

戰天穹沒有驅離靈風或是制止他傾聽君兒發洩，因為此時的君兒確實需要一個宣洩的管道。只是他對這位陌生男性直覺感到不對勁。那是一種很難以形容的牴觸感，就彷彿他跟這位男性，或者該說是他身上帶有的某種特質與力量感覺抗拒。

心中攀升的負面情緒讓戰天穹劍眉深鎖，卻壓抑的極好。

被強制壓抑至心底深處的噬魂，在此時傳來了隱晦不明的意念。那帶著憤怒與警告的情緒讓戰天穹為之愕然，原本就想將之壓制，但一種莫名的感受卻讓他放下了這樣的想法，小心警慎的聽清

楚噬魂不顧一切想傳達給他知道的訊息。

他審視的看著位於陰暗處的男子，眼裡閃過防備與困惑，不解為何噬魂會因為他的出現而如此躁動。

「既然這樣，那請你聽完後就全都忘了吧……」

君兒用一種懷念又哀傷的語氣，開始講述起自己與爺爺的故事。從開始到現在的經歷，並將自己的困擾與苦悶，全都說了出來。

靈風只是靜靜的聽著，沒有多話。

直到君兒說完，又因為覺得是自己害了爺爺而開始哽咽的時候，他輕輕的說了這麼一段話。

「妳已經不能回頭了，只能繼續向前。過去已經過去了，妳不能一直被『過去』束縛住前進的腳步。人在一生中，回首一定會為過去做錯的一個選擇而痛苦萬分，但那些都已經成為既定的事實，妳不能去抗拒和否定，但可以從中學到更多，為了不讓現在或未來再做出錯誤的決定。」

「現在是由過去的選擇而創造的，若是不想未來再後悔，就得做出能讓未來不會後悔的決定和選擇——放手妳對過去的傷痛，相信妳的爺爺一定也不願意妳因此消沉然後放棄希望。」

「所以無論如何，哪怕妳不能接受那樣的過去，妳還是只能繼續前進。」

靈風的這段話不僅讓君兒陷入深思，就連正在嘗試釐清噬魂訊息的戰天穹也為之一愣。

對方的這句話，彷彿也是對著他說的一樣。雖然明白對方沒有其他的意思，但聽在他這個也因為過去錯誤的抉擇而痛苦至今的人來說，無疑是一警醒。

君兒明白這個道理，只是現在心裡正痛苦著，還沒辦法馬上做到真的放下過去的錯誤。

靈風難得說出鼓勵的話語，卻在感覺到君兒還在執著痛苦後，悄聲一嘆。

「或許妳會覺得我一個陌生人這樣說，讓妳沒辦法接受，但就這樣放棄、消沉，真的好嗎？未來一定還有靜靜守護妳的人在等待著妳吧。失敗總是發生在徹底放棄之後，但只要妳還沒有放棄希望以前，就都還有補救的機會。」

靈風說完這些話以後，見君兒沒有回應，他也不以為意，覺得自己已經把該說的都說了。

「真是，想要放鬆卻又自討苦吃當好人浪費力氣。妳放心好了，今天的事我會全當沒發生過，也根本沒來過這裡，希望不要再見面了。」靈風埋怨著，旋身就想離開。

「……謝謝。」君兒輕聲道謝，目送那抹陰影中的身影消失在黑暗裡頭。

在感覺到對方真的離開以後，君兒繼續蜷縮著身子坐在庭院裡的涼椅上，逕自發著呆。

遠離該處的靈風這時才終於鬆了一口氣。

在他對少女出言提醒時，他一直感覺到附近傳來空間波動的那處所在，有一道銳利的目光正在

審視自己。那被關注的感覺讓他有些緊張，深怕會曝光自己隱瞞許久的身分。

但好在當他離開觀景花園以後，那種被盯上的感覺便逐漸消失，這才讓他能夠鬆懈緊繃的情緒。

「守護在『魔女』身邊的『惡鬼』還真是可怕……真不曉得既然有他保護著魔女，我和哥哥的存在又有什麼意義？」靈風呢喃著意義不明的語詞，語帶苦悶哀傷。

君兒在冷靜之後重新思考了那位好心人給予她的建議，明白自己不能再為了過去消沉下去。

「過去的都已經過去了，既然發生了我也不能扭轉既定的事實。所以，只能繼續走下去了對吧？爺爺，相信你一定不會責怪我的，我知道你那麼疼愛我……請在天上看著我的成長，我不會再讓自己身陷負面了！」

「我也和鬼先生約定好了，兩年後，我要回戰族拜祭爺爺，一定會讓爺爺看見我耀眼的成長的！」君兒拍了拍自己的臉頰，試圖振作起來，眼眶卻滿盈淚水。

「未來我可能還會經歷更多的痛苦，但我也會繼續走下去的！」

君兒雙手緊握，對著星空發誓，眼中繁星映襯著她的盈盈淚光，耀眼又美麗。

Chapter 63

隱藏的溫柔

「君兒妳沒事——咦?!」

紫羽急忙拉著卡爾斯來到她和君兒的房間，想讓卡爾斯開導她，卻沒想到此時君兒竟不在房內。見君兒不在，紫羽緊張的扯著卡爾斯的衣袖，小臉上滿是惶恐緊張。

「君兒怎麼會不在?這個時候她去哪裡了?!」

第一次看見君兒消沉的紫羽徹底慌亂了手腳，讓卡爾斯無奈的重掐了掐她的臉龐，試圖用痛楚讓紫羽恢復冷靜。相較於紫羽的擔心，卡爾斯倒是心情平靜，因為知道君兒還有人守護著，戰天穹是絕不可能放任她在這種情況下出意外的。

「那女孩不會有事的，可能只是需要一個安靜的空間冷靜一下而已，更別提她身邊還有人暗中保護她呢。妳就別在這瞎操心了」

「啊……我都忘了還有鬼先生了。」紫羽一臉挫敗，全然忘了一直在暗中守護君兒的鬼先生。只是，鬼先生有可能會出面安慰君兒嗎?想到這，紫羽又擔憂起來了。

看著紫羽臉上的猶豫和緊張，卡爾斯只是笑著，又捏了捏紫羽的俏臉，解釋道:「妳放心，雖然我猜阿鬼不會真的出面安慰君兒，但以君兒的心性，遲早也會冷靜面對這件事的。她不像是會因此放棄希望的人。既然她不在，那我要回去忙我的工作了。妳就乖乖待在房間裡別亂跑，有什麼事就聯繫漢諾雅或休斯頓，當然要找哥哥我也是可以的哦!」

卡爾斯似乎愛上了掐捏紫羽柔軟小臉的感觸，邊說又忍不住捏了捏紫羽的臉蛋，直將那粉嫩小臉捏得紅通通的。

「別捏，壞蛋！」紫羽不滿的拍開卡爾斯的手，氣呼呼的瞪著他。

卡爾斯暢快一笑，在知道沒他的事以後就想打道回府，繼續他的公務。只是前腳才剛要離開，背後的衣衫卻又傳來微弱的拉扯力道，讓他不得不停下腳步，回頭看向那臉色略帶困惑的少女。

「卡爾斯先……呃，哥哥。鬼先生他真的愛君兒嗎？以前我不會懷疑這件事的，但經過這段時間的事情以後，我開始不確定了。」紫羽眉心輕顰，對這件事存有疑慮。

卡爾斯平靜解釋道：「是因為最近的事讓妳動搖了嗎？不過那傢伙就是這樣，冷酷的讓人懷疑他對別人的關心是假的。但就是因為太關心了，所以他會習慣性的藏起自己的情緒，壓抑自己意欲保護與幫助對方的念頭。所以旁人只會看見他的冷漠，而不明白他隱藏在冷漠態度底下的情緒。」

「表面越堅強，內心也越脆弱……阿鬼就是這樣一個男人。」

卡爾斯沒有多說，只是用簡短的語詞一語道破戰天穹的狀態，讓紫羽陷入深思。

「這樣啊，算我錯怪鬼先生了，君兒發生這麼多事情，他其實是最擔心緊張的那個人才對。如果有什麼我可以幫上忙的就好了……」紫羽自我解嘲的說著，對自己無法幫助君兒感到難受。

「那努力點就好啦！」卡爾斯想也沒想的直接回答：「雖然可能沒辦法像別人做得那麼好，但

只要盡可能的在自己所能做的範圍內去幫助別人這樣就好了。」

他掐了掐紫羽的俏臉，揚笑回應：「還有啊，對朋友最好的幫助就是不要讓朋友為妳操心。如果不想成為拖累，那就成長到可以讓人放心的狀態吧。」

紫羽呆呆望著卡爾斯，眼神沒從他帶著笑意的眼神中移開。他的眼裡沒有責難或嘲笑，只有如暖陽般的溫和，那是毫不做作發自內心的鼓勵。

紫羽傻乎乎的反問：「你是在安慰我嗎？」

這樣的卡爾斯是紫羽未曾接觸過的，和一開始的卡爾斯差異甚大。這樣的反差讓紫羽心生好奇，就想知道這男人到底還有什麼她未曾發現過的特點。

卡爾斯因為紫羽在第一時間就想找他求助，這樣被信賴重視的感覺讓他心生愉悅，不經意的就對紫羽表現溫柔。

「怎麼，我心情好就不能安慰人嗎？還是妳喜歡我指著妳的額頭破口大罵！」

卡爾斯因為難得安慰人竟然還被質疑，顯得有些不爽，原本掐著紫羽小臉的手縮回，改探指猛戳少女的額心，將紫羽那光潔雪白的額頭都戳得泛紅。

紫羽趕緊護住額心，想也沒想的揮開了卡爾斯攻擊她的指頭，眼帶委屈的瞪著他。只是那水汪汪的眼眸啊，只會讓人更想欺負她而已。

「壞蛋，這樣很痛呢！」

「好啊，竟敢打老大我？我可是好心要來幫妳開導妳朋友，竟然連句道謝都沒有還打我手，看老大我怎麼教訓妳！」

卡爾斯像是玩上癮似的，這次換兩手掐上紫羽的臉頰，將那張粉嫩的小臉拉扯得像鬼臉似的，同時自己還很不客氣的笑出聲來，糗得紫羽只想趕快逃開。

「你討厭！不要一直掐我臉！」紫羽氣惱的就想揮拳，奈何力量實在太小，落在卡爾斯身上簡直像蚊子咬一樣。

這時，終於恢復心情的君兒才回來，沒想到門一開就看到一對男女在那打情罵俏，頓時讓她有些哭笑不得，人站在房門口進退不能。

「咳咳！要培養感情可以去別的地方嗎？」

君兒倚靠在門邊，看著卡爾斯幾乎是在耍弄紫羽的畫面，再看看紫羽像孩子一樣跟卡爾斯在那打鬧，兩人似乎都沒有察覺到她的歸來，只好乾咳了一聲，試圖讓兩人注意到自己的存在。

紫羽回首看到君兒就像看到救星一樣，淚眼汪汪的直接衝了上去緊緊揪著君兒的衣衫，還順勢躲到君兒身後，眼神戒備的瞪著一臉笑意的卡爾斯，彷彿他是什麼邪惡的大野狼要來欺負小兔子。

然後她小心的看望一下君兒的神情，見她臉上的消沉不在，這才終於鬆了一口氣，憂心忡忡的問：「君兒妳跑哪去了？我好擔心妳哦。」

「我已經沒事了……不過，老大為什麼會在這裡？」君兒柔聲安慰紫羽，同時狐疑的看向卡爾斯，不解為何此時他會在此處。

隨後她看見紫羽因為她的問話而臉色有些尷尬羞紅，再看了看卡爾斯臉上的促狹笑意，心思聰穎的君兒很快就猜到了事情經過。

「紫羽是想請老大來開導我嗎？」君兒微笑，感謝的摟了摟紫羽。

「謝謝，我沒事了，讓妳擔心真是對不起。」她溫柔的替紫羽理了理有些零亂的髮絲。

君兒再度恢復了過往那樣堅強的模樣，只是神情中卻有著放下了某事的豁達。或許是因為明白了放手對過去的自我譴責，並懂得著眼此刻當下的重要性，使她的心智又有更進一步的成長了吧。

「老大，百忙之中還讓你抽空前來，希望沒有耽擱到你的公務。紫羽她在這裡唯一能夠求助的人也只有你了，就請原諒紫羽的冒犯吧。相信老大一定還有事情要忙，時間也很晚了，那就不打擾老大了。」

君兒神情嚴肅，邊拉過紫羽，為卡爾斯讓出一條足以讓他離開房間的道路，在在暗示卡爾斯該離開了。

卡爾斯在離開前，不忘對紫羽留下一抹滿懷戲謔笑意的眼神。

這讓君兒側頭看著滿面羞紅的紫羽，不由得有些困惑：「你們哪時候感情這麼好了？」

紫羽登時臉色變得更加緋紅，卻反駁道：「誰跟他感情好了？！我只是……」只是什麼呢？她竟然也說不出個所以然來。

「只是覺得這樣互動也挺有趣的？」君兒直接點破紫羽的困擾。

她看著紫羽羞得像是想找洞把自己埋掉的神情，無意間想起了過去她的女僕露露曾對她說過的一句話——好感是愛情萌芽的開始？似乎是這樣說的。

「不提那個總愛掐我臉的大壞蛋了。君兒沒事就好了。」

君兒笑了笑，再一次表明自己真的沒事了。但她不願多談什麼，只是微紅的眼眶不難看出她剛剛才哭過，可既然卡爾斯識趣的沒有多提，紫羽自然也不會多說什麼，深怕又觸及君兒的傷心事。

「這樣啊……對了，君兒，我跟妳說喔，剛剛我一個人跑出去想要找卡爾斯的時候，遇到一位黑頭髮的星盜呢！」

紫羽轉移話題，開始說起了她去找卡爾斯時遇見的那位黑髮星盜以及自己發生的事。

君兒先是聽到紫羽說起自己被幾位星盜圍困的事情而皺起了眉，直到紫羽提到了黑髮星盜的出現，對方帶著她找到卡爾斯時，卡爾斯稱呼那人叫「靈風」，君兒這才訝異的「咦」了一聲，這熟

悉的名字讓君兒面色驚訝。

靈風，不就是卡爾斯之前提到的，未來將會指導她符文技巧的導師嗎？

「那個人竟然叫我癩皮小貓，我才沒有癩皮呢！」

紫羽氣呼呼的抱怨著，卻看得君兒有些好笑。

從紫羽對那人的描述，君兒聽出了一些弦外之音。雖然紫羽和對方的互動不長，但幾句話其實就可以看出一個人大略的品行。那位靈風雖然用詞尖銳刻薄，但仔細思考，卻能了解他用這種話語隱藏著的關心之意。

只是，這只能讓君兒對靈風有概略的了解與認知，想到了漢諾雅對他的提醒與警告，再聽聞紫羽說起其他星盜對靈風的畏懼以後，君兒心底有著嚴肅。

因為方才才哭過，君兒此時還有些疲倦，這讓她忍不住想起了那讓她依戀的存在。

「紫羽，妳知道嗎？我總感覺，鬼先生其實一直沒有離開，我好想他……」

紫羽聽到君兒的這句話，神情頓時有些僵硬，不知道該如何應對，深怕自己露出一絲馬腳。不過，聰慧的君兒早從她的一舉一動間得到了答案，但卻沒有點破紫羽這此地無銀三百兩的神情。

「君兒，以後妳一定能夠再跟鬼先生見面的，他一定也不希望見到君兒難過的樣子。」紫羽勸說道，隨後躊躇了一會，小心翼翼的將她知道的消息轉達給君兒知道：「鬼先生那麼愛妳，他一定

捨不得妳難過。」

隱藏在空間縫隙裡的戰天穹聽到紫羽的這番話，登時燙紅了一張俊顏，料想不到紫羽竟然會這麼直接的跟君兒講出他的心情。

「我知道，所以我會繼續堅強下去。」君兒平靜回答，語氣像是早就知曉此事似的反應不大。只是君兒這樣輕描淡寫的平靜態度，卻讓戰天穹誤以為君兒還是像以前那樣不懂「愛」的意思，於是嘆息了聲，在確認君兒平安以後便悄然離開。

君兒眼裡藏著狡詐，她猜想戰天穹應當就在附近，不過卻沒有打算讓他這麼早知道自己的心意。或許是明白了戰天穹對感情的懦弱，君兒決定給他一段時間做心理準備。

「君兒妳呀……有時候我真搞不清楚你們兩人到底是怎麼一回事。」

紫羽見君兒的平淡如昔而嘆息出聲，也誤以為君兒並不了解她語中含意。她其實一直很羨慕能被戰天穹這樣默默守候的君兒，也期望自己能得到一個人這樣的愛與守護。

想到自己身懷的春毒在不久後就會發作，紫羽的心情突然失落了起來。

「君兒覺得卡爾斯是個什麼樣的人呢？」

聽出了紫羽語中的憂慮不安，君兒輕輕拉著她的手，明白紫羽雖然自己做出了決定，但難免還是會因此感到惶恐。君兒說出了她的想法，希望能藉此引導紫羽放下擔憂，嘗試去做些努力，而不

是什麼都沒做就在那陷入恐懼。

「傻瓜，與其擔憂，那還不如試著去更了解卡爾斯吧。他雖然是個星盜，但至少他懂得尊重妳，比起過去皇甫世家裡其他大小姐對我們的鄙夷和看輕、或者是那些世家少爺視我們為商品的無情冷漠，卡爾斯是真正將我們當作是活生生的人來看待的。至少我很欣賞他這一點。」

紫羽輕輕低頭，因為君兒的鼓勵而稍微恢復了精神。

「我要和君兒一樣堅強，可不能輸給卡爾斯了！……不過，雖然這麼說，但我和卡爾斯打賭要先讓他愛上我，可以前家族沒有教過我們要如何追求男人啊？」紫羽尷尬不已，雖然說若自己真的輸了那也沒辦法，但總覺得自己還是得努力點才行。

君兒這時靈光一閃，聯想到那位靈風告訴紫羽關於卡爾斯弱點的這件事，忍不住眼睛一亮，想到了個好計謀。

「紫羽別擔心，妳可以上光腦去查查女追男的技巧，另外我可以跟妳說說這段時間我對卡爾斯這個人的看法與了解，然後我們可以像以前和緋凰她們一起計畫要逃出皇甫世家一樣，來找出個方法，想辦法讓卡爾斯喜歡上妳囉！」

「嗯……雖然很害羞，不過就聽君兒說的這麼做吧！」紫羽臉色緋紅，卻堅定的握拳，表示了自己的決心。

Chapter 64

沒有輸贏的戰爭

君兒雖然沒有追求過男人的經驗，但卻十分擅長分析規劃。她先是跟紫羽分析了卡爾斯這個人的性格與習性，從她了解的大方向著手，大致掌握了幾個可以著手攻略卡爾斯的項目。

「首先呢，就像那位靈風提醒的，老大喜歡被叫年輕……咳咳，紫羽妳就繼續喊他『哥哥』吧……噗！」

聽到紫羽竟然只是喊了卡爾斯一聲「哥哥」，便讓卡爾斯樂開懷的忘了公事，君兒就覺得一陣好笑，首先就把這一點納入攻略任務中。

君兒的調笑也因此讓紫羽羞紅了臉，最後乾脆摀面逃避君兒看著她的帶笑眼神。

「嗯，關於第一點，紫羽就繼續保持下去吧。記得要用那種怯生生又甜甜的嗓音喊喔！第二，卡爾斯是個吃軟不吃硬又禁不起激的男人，這部分妳就適時的撒撒嬌，請求他的指點或協助滿足他的男人自尊心囉！第三就是……」

君兒洋洋灑灑的說了一大堆，聽得紫羽頭暈目眩，不得不開啟光腦系統將她的建議全都記下。

「嗯，大概就這些了。我能想到的大概就這樣了，其他的紫羽可能要使用光腦系統查看看有什麼可行的方法資料囉。」

「好吧，我會努力的！」

紫羽信誓旦旦的說著，卻不知這其中隱藏著君兒更深一層的用意。

雖說她對紫羽異想天開的和卡爾斯做了這樣一個賭注，但誰說這不是一個能夠讓原本陌生的兩人更了解彼此的方式？透過試探和互動交流，能從中更了解對方的喜好和性格，先不論最後誰輸誰贏，如果兩人能因此更了解對方，好感也能昇華成愛情的話，那麼這場戰爭輸贏如何都不重要了。

重要的是，這兩人湊在一塊或許真能幸福也不一定。

君兒沒有忽略卡爾斯的戲弄能讓紫羽發揮真性情的狀態，那一向總是懦弱的不曾在人前表現情緒的紫羽，竟然會對卡爾斯擺出不滿和埋怨，這意味著在某種程度，紫羽已將卡爾斯當成了她和蘭那樣親近的存在，才會無意識的表露真性情。

「對了，紫羽，妳的春毒還有多久才會發作？」

君兒想到了最關鍵的重點，她慎重的詢問，就是希望紫羽能在春毒發作之前更了解卡爾斯一些，這樣在毒發時，彼此才不會有強迫或被強迫的感受。但這些都必須在春毒發作前，讓兩人的好感達到一個程度才行。

紫羽一愣，因為君兒的問題臉上再度浮現了緊張。

「大概再兩、三個星期吧。」

「那麼這段時間無論成果如何，妳就盡力去做吧。試著讓卡爾斯看到妳的優點和缺點，把妳所有的一切全都向他全然坦承。」

君兒給出了最後的建議，卻讓紫羽有些大驚失色。

「欸？！可是……坦承缺點這樣好嗎？」

畢竟不是每個人都能接受別人的缺點的。紫羽對此顯得不能理解。

君兒隨後做出了解釋：「如果是要交託一輩子的對象，那麼缺點一定也是會被知道的，那麼與其你們之後才因為彼此的缺點而互相衝突，不如一開始就把自己認為最失敗的那一面展現出來吧！讓卡爾斯知道妳就是有這麼多缺點和不美好的地方，或許他會反感、他會討厭，但至少你們彼此之間沒了那種刻意營造的虛偽假象。」

「而且別忘了，卡爾斯既然接下了賭約，為了讓妳愛上他，他就得去更了解妳的缺陷，試著從中找出對妳的認同和理解，發自內心的去肯定妳、接受妳。我知道妳一定能感覺出對方的真誠與否，如果卡爾斯是一個虛偽至極的男人，我相信妳一定不會對他存有好感了。妳是個感覺敏銳的人，就相信自己的直覺吧。」

君兒的解釋讓紫羽的心結逐漸解開，雖然說世間男女彼此相處總會希望對方能看見自己最美好的一面，但偶爾暴露一些自己的小缺點，有時可能不是摧毀好感的危機，而是成為增進好感的良方呢。

讓對方明白自己的缺失和不圓滿，對方也會因為自己也同樣擁有缺失而產生共鳴，雙方能夠互

相彌補、互相圓滿，這才是愛情的真諦。

「表現缺點可比表現完美更需要勇氣喔。」君兒溫柔的笑著，鼓勵紫羽去做出嘗試與改變。

「一個能夠接受妳優點的男人，愛的只是妳的表面，能夠接受妳缺點的男人才是真正的愛……無論你們最後是否愛上彼此，紫羽妳也要試著去愛卡爾斯的缺點才行，沒辦法包容別人，又如何要求對方能愛自己的一切呢？」

「嗯……讓我好好想想。」

君兒說的話讓紫羽陷入沉思，君兒也不打擾她，自己去忙自個的事情了。

＊＊＊

之後的日子裡，君兒就在一旁默默觀察兩人的互動。

也因為那位符文師靈風說他有重大的事項在忙碌，暫時沒時間指導她，卡爾斯只好無奈暫代指點君兒的老師，也能順便和紫羽接觸。

紫羽閒暇沒事的時候，就這樣待在旁邊觀察卡爾斯如何指導君兒。

就在這段時間裡，紫羽也發現到卡爾斯似乎從來都沒有要在她眼前隱藏自己的意思，他毫不避

諱讓她看到他訓練人時殘忍冷酷的面貌。

但就因為這樣極端的對比，在看過殘忍的卡爾斯以後，紫羽才知道他原來也會有溫柔的一面；再看過他閒散慵懶的一面後，對他認真嚴肅的正經神情才會感覺震驚及深刻。

「好了，今天就到這裡吧。底子不錯，不愧是那傢伙教出來的。」

卡爾斯看著君兒的眼神有著滿意，卻不打算多談戰天穹的事。

他彷彿在等待某個時間點的到來才打算開口。

君兒猜測，或許是要等到鬼先生能放心的讓她在星盜團中成長，待他離開以後，老大才會跟她開口吧。

她也知道鬼先生的感知有多強大，要是老大一不小心洩露了他的行跡，搞不好鬼先生會很生氣也不一定。知道這點以後君兒也不再提問了，只是專心一致的投入訓練，向卡爾斯證明戰天穹的訓練沒有白費。

紫羽靜靜的在一旁觀察卡爾斯，這一點卡爾斯自然清楚，也索性大方的給她觀看，似乎不在乎紫羽是否會因為他的嚴苛殘酷而害怕他。

在結束訓練以後，紫羽熟練的為兩人遞上毛巾和飲水，眼神仍然沒有離開卡爾斯，卻寫滿了困惑。

她欲言又止的模樣，讓卡爾斯好奇的開口詢問：「怎麼了？是看老大我太威武所以愛上我了嗎？」一邊說還不忘抬手輕捏紫羽那粉嫩嫩的臉頰。

君兒聽聞此句忍不住大翻白眼，雖然這不是她第一次聽到卡爾斯這樣自我感覺良好的語詞，但每次聽每次都覺得想笑，直到後來都有些麻木了。

「討厭，你又掐我臉！」

紫羽因為頰畔被掐捏而氣惱的怒紅了小臉。看她生氣臉紅似乎是卡爾斯的樂趣，見紫羽氣惱，便樂呵呵笑著，惹得紫羽更加氣憤。

「我不能掐妳臉嗎？小羽毛，別忘了妳還欠我一筆債沒還呢。」

卡爾斯笑容燦爛，親暱的喊著紫羽的駭客暱稱，登時讓紫羽羞澀得手腳不知該往哪擺才好。知道紫羽雖然是用「小羽毛」一稱作為駭客代號，但現實裡卻不怎麼習慣被人這樣稱呼，於是乾脆拿來當成自己呼喚紫羽的專屬稱呼。

紫羽抗議了幾次，拿絲毫不改本意的卡爾斯沒辦法，也只好任由他這樣喊。只是每當卡爾斯這樣喊著自己，總會讓紫羽感覺羞澀、不好意思。

「嗚……債的事情以後再說啦，我現在有話想問你，先別掐我臉。」

紫羽抗議著，這才讓卡爾斯停下戲弄她的舉動，雙手環胸等著她發問。

君兒見卡爾斯雖然臉上帶笑，但看著她的眼神卻很是銳利，就差沒開口直接趕人了。知道紫羽有卡爾斯的陪伴很安全後，她便識趣的離開，沒那個興趣當電燈泡。

「嗯哼，老大我難得有空，就大方的給妳問吧。」

「你就不擔心我會害怕你嗎？」

紫羽將自己心裡的疑惑問出口，不解卡爾斯為什麼願意讓她看了這麼多關於他冷酷暴力的面貌。她確實想了解他，但是了解的越多，卻發現又有更多不了解的地方。

「這些妳遲早都是要知道的，而且既然有成為我女人的意願，難道妳還想繼續當以前那個只能拖累別人的累贅嗎？」

卡爾斯平靜開口，他看著紫羽臉上因為他的這句話先紅後白的臉色，心裡閃過絲絲幾不可見的心疼，但就像他語中所說的那樣，紫羽有不得不成長的理由。

「……我不想當累贅。」紫羽嘟囔著，神情染上倔強。

「那妳就得習慣我的一切。現在妳也不可能反悔或是逃跑了，妳只能面對……怎麼，害怕了嗎？」

卡爾斯的笑容染上陰冷，不知何時，他早就一步步的將紫羽逼到了牆邊的座位上，讓她狼狽的坐倒。

看著紫羽微微泛白的小臉，卡爾斯還是堅持要讓她知道這些。

就跟戰天穹要讓君兒成長一樣，紫羽也必須成長才行，雖然他沒辦法做得像戰天穹那樣冷酷，可至少紫羽要能夠在團裡占有一席之地，能讓其他星盜敬重她才行，雖然以她的性格這將會是一個漫長的過程，但至少她得學著接受未來的生活環境與人事物。

他兩手撐在牆上，將紫羽禁錮在自己的雙臂之間。紫羽倒還沒反應到兩人彼此貼得多近，只是一個勁的因為卡爾斯這番說詞而陷入沉思。

紫羽嘆了口氣，想起君兒也說過類似的話。然而當她想再說些什麼的時候，坐倒在座位上的她，這才注意到此時的自己竟然被卡爾斯困在懷裡。卡爾斯正笑臉盈盈的看著自己，臉上的促狹笑意，彷彿在笑她是隻絲毫沒察覺到危險逼近的小兔子一樣。

「欸，你你你怎麼靠我靠得那麼近？！」

紫羽緊張害羞的退後撞上了牆，想當然還是逃不開卡爾斯的限制。

卡爾斯只覺得有趣，或許是這段時間的嘗試讓他更了解了紫羽，對她這樣的反應和怯弱感到好玩，可能他性格裡頭潛藏著某種惡作劇的基因也不一定，讓他只想逗弄紫羽，看她臉紅或生氣。

「……妳會怕嗎？」

卡爾斯忽然冒出一句與先前話題完全不相干的問句，讓紫羽有些無法理解。他一手拈起紫羽垂

落肩頭的淡紫色髮絲，細細的把玩那滑順的長髮，又問了一次：「妳會怕我嗎？」

紫羽直直望著卡爾斯的眼，看見那雙翡翠色的眼眸閃著某種慎重和隱隱的期盼，不知怎的，她忽然想到鬼先生也有極其類似的眼神。

鬼先生總會用這樣的眼光，在君兒不知情的時候這樣望著她，似乎在期待什麼。

原本她想要說自己其實很害怕，但這句話到了嘴邊，卻成了另一句。

「你希望我怕你嗎？」她反問卡爾斯，沒漏掉卡爾斯的眼神變化。

卡爾斯沒有答覆，他只是淡淡的揚起笑容，卻是解放了對紫羽的禁錮，他退後了幾步，有些留念的鬆開了捲在指頭上的淡紫色髮絲。

「時間晚了，我等等還有事情要處理，先送妳回房吧，省得妳一個人回去又像上次那樣被人困住。」

紫羽這時才後知後覺的注意到君兒已經先行離開了的事實，她尷尬的發出短促的驚呼聲，看著已經轉身離去的卡爾斯，趕緊追了上去。

想起剛剛卡爾斯因為她的問話而瞬間浮現的神情，她突然有些明白卡爾斯為什麼會和鬼先生是好友的原因了。

因為這兩個男人擁有同樣的眼神——渴望被愛的眼神。

而且，這兩人同樣不知道自己會有這樣的神情。

「等等我，卡爾斯哥哥，你走太快了！」紫羽因為一時恍神又落下了腳步，她看著遠去的卡爾斯急急喊著。

卡爾斯這才慢下腳步，半旋過身朝她伸出了手，面露無奈的說：「真是的，妳可不可以不要老是因為想事情忘了走路，要是哪天我和君兒不在，妳掉了那該怎麼辦？」

紫羽尷尬的笑著，沒有絲毫抗拒的拉住了那隻朝她伸來的厚實掌心。

感覺到卡爾斯語中的關心，她心裡明白了這個人永遠不會傷害她的事實，那是一種突來且沒法解釋的感受。直覺告訴她，雖然卡爾斯並不是旁人眼中的好人，但卻是能讓人安心交付一切的存在。

紫羽沒注意到，當她拉住卡爾斯的掌心時，他眼裡閃過的淡淡滿足。

卡爾斯忽然覺得，一場賭約換來這樣的親近與信賴，那最後賭約的輸贏似乎也不重要了。他和戰天穹其實都是一樣的，一個因為詛咒而被整個世人抗拒，他則因為天生遺傳母親的劇毒之體，與旁人互動總得小心慎重，可就出現了這麼一個人，能夠跟自己安心自在的相處。

這樣的存在，不好好把握實在太說不過去了。

「欸，小羽毛，妳哪時才能愛上我啊？」

「……什麼?!這種事我才不知道呢!」紫羽嫣紅了臉蛋，被問到這個問題很是害羞。

「那好吧，看樣子我還得繼續努力才行。」卡爾斯嘆了口氣，想著還有哪些方法可以讓紫羽愛上自己，卻不知道紫羽也有著同樣的想法。

只是兩人似乎都沒有注意到，彼此牽著的手心，已經替他們兩人此刻煩惱的問題給出了答案。

Chapter 65

妳要幸福

卡爾斯氣勢洶洶的走進靈風專屬的植栽室，咬牙切齒的瞪著那正在擺弄一株植物的男人，突如其來的大吼更是讓原本輕哼小曲的男人頓住了動作。

「靈風，終於給我逮到你了！」

「……嗨，老大。」靈風抿著唇，皮笑肉不笑的和卡爾斯打了聲招呼，隨後又自顧自的忙自己的事情，似乎不打算多談什麼。

紫羽跟在卡爾斯身後，目瞪口呆的環視著那流光閃動以及充滿自然氣息的植物園。奇異的是，明明這裡是宇宙戰艦的內部，卻有一些蝴蝶與鳥雀穿梭，彷彿是一座獨立出來的小型森林一樣。

「你這傢伙怎麼跟跳蚤一樣那麼會跑？不是說要專研一個重要符文所以暫時閉關嗎？現在你又在這擺弄花草幹什麼？你之前跟我說的解釋根本就是你想逃避的藉口吧！」

卡爾斯面色不悅的看著眼前一臉平靜的靈風，對他的無動於衷感到火氣十足。

之前他總是跟這傢伙錯過，這一次總算逮到人了！明明就身處同一艘戰艦，為什麼這傢伙卻比他這位老大還忙碌、還更難找到？

他這次難得有空便帶著紫羽四處溜達，順便帶她認識一些戰艦上的區域。雖然這本來是君兒的工作，不過君兒也樂得讓兩人培養感情，便強硬的將害羞的紫羽趕出去，自己則留在房間內修煉。

「哇……這、這是花朵耶！」紫羽驚奇的看著植栽室裡頭一朵含苞待放的白花盆栽，不由得為

這自然的美麗備感驚喜。

紫羽就要靠近觸摸那朵白花盆栽，卻被卡爾斯動作飛快的扯著後領拉進自己懷裡。

「小羽毛，那有毒。」卡爾斯無奈勸阻，深怕紫羽一時疏忽就被那些美麗卻又蘊藏毒素的植物給傷害了。

以後她可以接觸這些，但春毒還未發作之前，體內的毒素尚未完全中和，就還不算真正的百毒不侵。

「喔。」紫羽訕訕的縮回了手，臉上有著遺憾。之後她很快又被其他植物吸引走注意力，卻沒有再離開卡爾斯一步。

卡爾斯看著靈風忙碌，不由得輕嘆了聲，不解他為什麼就是不想指導君兒，有這麼一位能天生覺醒符文凝武技巧的學生不好嗎？以他對靈風的了解，他知道靈風絕對不是因為嫉妒或者是懶惰而拒絕教授，那麼就剩下最後一個理由了……

「是看見黑髮黑眼的君兒讓你觸景傷情了嗎？」卡爾斯淡聲問著。

這話讓紫羽跟著看向靈風面露困惑，而後者則是因此錯手折斷了那生滿利刺的作物枝葉。

「我記得靈風你有跟我提過，你的雙胞胎哥哥離開了族群失去蹤影，你為了尋找他而踏上旅程。那麼，看到和你們擁有同樣特徵的君兒，讓你想到你哥哥了嗎？你是不是在想那女孩可能跟你

兄長有關連，惶恐面對一些你不能接受的事實因此避而不見？」

卡爾斯單刀直入的切入正題，硬是擋在靈風可以逃跑的路徑上，讓他無從脫逃。

靈風被凌亂髮絲遮掩住的眼眸讓人無法知曉他此刻的情緒，但那緊抿的薄唇卻透露他的不悅。

良久後，他終於開口：「……她跟我和我哥都沒關係。只是我還沒辦法認同一位嬌生慣養的大小姐而已，我可不想當照顧奶娃兒的奶爸，就算她會符文凝武技巧也一樣。」

靈風淡漠的說出理由，卻讓卡爾斯蹙起劍眉，顯然不能接受他的回答。

「這是你第一次這麼反常的抗拒一個人。」

卡爾斯怎樣也猜想不到靈風的理由，卻是眼帶嚴厲，「但我團裡唯一最適合當君兒的老師的人，只有你了，你可以給君兒一些考驗，給她機會證明自己。我不知道你為什麼會對她莫名排斥，明明你們之前沒見過面不是嗎？」

靈風嘴角一扯，沒有答話。確實，他在之前都沒有跟那位黑髮少女見過面，但他卻在更早之前知道自己跟她有著更加緊密的關聯，可一想到那誕生之時便注定的命運，他就疲累的不想面對。

想到哥哥都因此背叛了族群，他又為什麼要去履行那被刻印在靈魂裡的契約？他就是叛逆，想要拖延與君兒接觸的時間。

輕輕嘆了一口氣，靈風想起了長老說過的一句話：「該來的終究還是會出現在生命之中。」心

裡便被滿滿的無奈所覆蓋，壓得他幾乎窒息。

最後，靈風有氣沒力的回應道：「我知道了，找個時間讓她來見我吧，不過醜話說在前頭，要是她沒辦法讓我滿意認同，我可是一丁點技巧都不會教她的。」

卡爾斯也在心中嘆息，但靈風是他在戰艦上可說是唯一能百分之百信賴的人了，再加上他確實也是指導君兒的最好人選。要知道，戰天穹可是將君兒交給自己磨練，那他絕不能因此埋沒了君兒的潛力。

「我相信君兒一定不會讓你失望的，她會是最棒的學生！」紫羽在這時候怯生生的開口說話了。她雖然語氣細弱，語中卻有某種不甘示弱的強硬。

她的話語讓在場兩位男性不約而同的看向她。卡爾斯揚起笑容，開心的掐捏了紫羽的小臉一把，惹得她不滿驚呼；而靈風則是冷冷一笑。

「希望她不要自己先支撐不住打退堂鼓，我可是很嚴厲的。」

紫羽輕哼了聲，衝著靈風吐了吐粉舌，不滿的替君兒打抱不平：「再怎麼嚴厲有鬼先生嚴厲嗎？哼，怪叔叔！」

或許是因為靈風一頭亂髮蓋住了大半容貌，再加上臉上唯一沒被亂髮遮掩住的下半張臉比卡爾斯成熟許多，讓紫羽下意識的就罵出了「怪叔叔」一詞，直讓靈風僵住了冷笑的臉龐。

「啊哈哈哈哈——怪叔叔，靈風怪叔叔！噗哈！」看著一向優雅的靈風露出這般怒不可抑卻又強忍平靜的臉龐，卡爾斯覺得自己這段時間心裡梗著的那股惡氣終於得到釋放，因此暢笑出聲。

靈風嘴角撇了撇，冷哼出聲：「如果這癩皮小貓喊我一聲『叔叔』，那被她稱呼『哥哥』的你又是什麼了？叔叔我等著侄兒你孝敬我一番呢。」

果真不愧是毒舌靈風，很快就從稱謂下手，徹底調侃了卡爾斯一番，還連帶占了個叔侄便宜。紫羽尷尬的說不出話來，她叫卡爾斯哥哥，又喊靈風叔叔，平白讓靈風高了卡爾斯一級。再看看卡爾斯隨後轉為鐵青的臉色，她更是羞愧了。

「好侄兒，叔叔我還要繼續工作呢，你就別在這裡礙事了，帶著你的癩皮小貓去溜溜吧。」扳回一局的靈風心情如撥雲見日般的輕快愉悅，語氣戲謔的調侃卡爾斯。他邊動作熟練的收採了一些成熟的草藥，頭也不回的就要走進裡室準備萃取植物精華，以供老醫師休斯頓製藥。

就在臨走前，靈風還不忘再一次提醒卡爾斯：「不久後有一批比較大量的草藥要收成，那時候再叫那黑髮大小姐來幫我吧，我正缺一個採藥工呢。」

卡爾斯面色鐵青，深吸了幾口氣才平復了心情。目光一轉，他惡狠狠的瞪向那喊錯稱謂的紫羽，盯得她低頭絞著手指頭，像是知錯的孩子一樣等著父母懲罰。

「走了！」卡爾斯率先跨步離開，卻不忘放緩腳步等候慢半拍的紫羽，「難得今天我有空可以

帶妳四處閒逛，我可以不要因為靈風那毒舌傢伙而壞了我的好心情！」

「哎……等一下，頭暈——」紫羽想跟上，卻是突來一陣頭暈目眩，讓她幾乎站不住腳步。

身後踉蹌的步伐聲引來卡爾斯注意，他旋身動作飛快的回到紫羽身邊，看著她泛著淡淡潮紅的小臉以及朦朧恍惚的眼，碧眸閃過一絲深沉。

「最近總是會頭暈……謝謝，我沒事，休息一下就好了。」

紫羽似乎還不知道自己這是春毒發作前的徵兆，或許是看過君兒的毒發前狀況，讓她誤以為自己的狀況應該也和君兒一樣才對，卻忘了她和君兒體內的毒素劑量差異以及個人體質因素，才造成了這樣不同的發作前反應。

然而，她單純不解可不代表卡爾斯不知道這件事。只是他懷抱著某種不懷好意的心思，沒有告訴紫羽事實。

「既然妳不舒服就回去休息吧，我記得我提醒過妳別玩光腦系統玩得太晚，下次再這樣，我就封鎖妳的系統權限。」他淡聲低語，卻是靠得紫羽極近，幾乎是貼在她耳邊說出這句話，暗中試探紫羽對自己的接受程度。

「我沒有玩很久嘛……只是一時忘我而已。」紫羽沒有多想的辯解著，覺得那靠在自己耳邊的溫熱呼吸讓她從頸部一路酥麻到脊椎去。她對卡爾斯這樣的親近沒有抗拒，可能也是因為卡爾斯最

近總會有意無意的親近她，讓她鬆懈了防備的緣故。

見紫羽沒有抗拒，卡爾斯微微揚唇，露出一抹如狩獵者般的笑容。

直到卡爾斯送她回到房裡，紫羽這才從頭暈帶來的恍惚狀態中慢慢回神。

君兒結束修煉，見紫羽疲倦的窩回床上，不由得面露擔心。

「君兒，我今天又不舒服了，總覺得最近頭昏昏的情況變多了呢，明明月事沒有要來，應該也不是貧血吧？休斯頓爺爺也說沒事，只要我多休息。」紫羽顰著眉心說出了她心中的困惑。

君兒早就知道紫羽最近的狀態可能是春毒發作的前兆，然而或許是每人情況不同，所以紫羽並沒有像她當初毒發之前那麼難受痛苦，而是以類似風寒般的頭暈呈現。

「卡爾斯沒有說什麼嗎？」君兒猜測，以卡爾斯的心機絕對不可能不知道這件事，然而為了慎重，她還是小心的詢問了紫羽。

紫羽搖搖頭，趴臥在床鋪上，小臉竟不經意流露一絲以前未曾有過的媚態。

「沒有，他只問我最近是不是熬夜，所以才會把自己累著了。」

君兒嘆了口氣，知道卡爾斯是不打算讓紫羽先知道自己即將毒發的事情了。這樣也好，若是率先提醒，紫羽一定會戰戰兢兢的怎樣也不能安心。現在就順其自然吧。

於是她什麼也沒說，只是要紫羽好好休息。

在紫羽休息以後，君兒心情苦悶的坐在窗邊的座位上仰望星空，對即將發生的事情感到煩悶。她這樣算親手將好友推下火坑嗎？她自嘲的心想。

回頭看向床上睡得不怎麼安穩的紫羽，君兒臉上閃過掙扎與難受，緊了緊雙拳，然而自己什麼也不能做。

紫羽跟著卡爾斯會幸福嗎？她會不會被欺負或者是不適應星盜的環境？蘭知道以後又會怎樣責難她呢？

如果是鬼先生的話，他會對這時的她給予什麼樣的建議呢？一定是要她堅定自己的信念吧，把不該背負的全捨下，把必須割捨的全放下。

如今她也只能祝福紫羽了。

＊＊＊

隨著日子一天天過去，紫羽也開始覺得情況不對勁了，君兒欲言又止的模樣讓她才後知後覺的察覺到這似乎是毒發前的症狀。可奇怪的是，先前她對毒發充滿了抗拒和害怕，但當毒發的日子臨

近，她卻奇異的感覺心情平靜。

這天，兩位少女坐在房裡靠窗的座位上，聊起了過往的一些事情。

「有時候我真希望自己是妳。」

紫羽對著君兒如此說著，君兒則是沉默的看著她眉心輕蹙。

「……但我終究沒辦法像君兒一樣，那麼堅強和堅持。我怕痛、怕苦、怕人群跟危險，我沒有突破命運掌控自我的信念，只能順勢接受命運的安排，試著從這既定的結局裡找到平衡。」紫羽喃喃自語，捧著雙頰望著窗外星空。

「君兒不覺得很有趣嗎？我們兩個就像極端的對比一樣，妳不甘被命運掌控，所以決定要以自身堅持超越宿命；而我雖然不甘，卻沒有勇氣擺脫命運的束縛，最後我選擇了順從並且接受這樣的宿命……」

紫羽平靜的說出這番話來，臉上的神情在這剎那變得成熟，就在這麼一瞬間，她覺得自己似乎更成長了一些。

「但我很感謝有君兒的陪伴與鼓勵，讓我知道就算我沒辦法掙脫這樣的命運，還是能夠用不一樣的方式和心情去面對未來。我不後悔跟卡爾斯做了那樣的賭注，或許早在一開始命運就安排好了吧？讓我查到他保密至極的興趣，進而去了解、去探索，最後甚至將他從新界引了過來……」

「紫羽……」看著紫羽這樣平靜的神情，君兒只覺得難受，深怕她是用這樣的思維去麻痺自己，讓自己逆來順受的接受這樣的命運。

可確實就像紫羽說的那樣，她們兩人在本質上有著極大的差異，一個堅強、一個懦弱，一個勇於挑戰突破、一個膽小畏縮；雖然彼此是朋友，會想要幫助對方，但各自的目標終點在不同的方向，即使中途短暫交錯了，終究還是得分離。

紫羽揚起一抹羞澀的笑容，雙手覆上君兒的手背。

「謝謝妳君兒，我很感謝在我身邊的是妳，我覺得自己也因為妳而變得更堅強了呢！也謝謝妳鼓勵我去嘗試做出不一樣的改變與挑戰，現在的我已經不害怕了。」

她微笑，笑得燦爛耀眼，那羞澀卻又滿盈甜蜜的笑顏，看得君兒無比揪心。

「妳知道嗎？我發現我現在不害怕之後會發生的事情了，一想到對象是他，我心裡只有害羞，沒有其他的情緒。我是不是愛上卡爾斯了呢？我不知道，但我不討厭他，或許終有一天，我會發現我早就愛上他了也不一定。」

紫羽羞怯的向君兒坦承了自己的心聲，也只有在君兒面前她才能這樣自在的吐露真言，若對象是蘭或緋凰，她還不敢這麼做呢。

君兒欲言又止，最後只是緊緊攬住紫羽，用擁抱代替一切言語。

這是她唯一能給這位朋友無言的支持與鼓勵，還有那深深的祝福。

「如果以後卡爾斯欺負妳的話，妳一定要告訴我喔，我會幫妳教訓他的。」

「君兒妳放心，之後是誰欺負誰可說不一定哦。」

紫羽同樣輕輕抱住君兒，也同樣在心裡傾訴對君兒的祝福。

「以後蘭可能會對我這樣的決定非常生氣，但我要證明我自己的選擇沒有錯！就算錯了，我也會笑著面對這樣的未來的。君兒給了我勇氣，從今以後我也會試著去嘗試自己以前未曾做過的事情，去改變、去成長，希望有一天，卡爾斯也能像鬼先生愛妳那樣的愛上我。」

「……一定會的。」

那天晚上她們兩人聊了很多，從過去到現在，還有彼此對未來的期許……

＊＊＊

終於到了紫羽臨近毒發的時候。

君兒攙扶著腳步虛浮的紫羽走向某處，看著她臉上異樣的紅潮，君兒心裡只有擔憂。

「紫羽，妳確定這樣就好？」

紫羽輕輕點了點開始有些昏沉的腦袋，臉上神情慵懶嫵媚。趁著意識猶存，她便要求君兒將她送去卡爾斯所在的辦公室。

「嗯，這樣就好。」

紫羽堅持要去見卡爾斯，而不是讓君兒將她送至卡爾斯的房裡。這是為了不讓君兒有親手斷送她未來的自責，她寧願君兒將她親手交給卡爾斯，象徵著一種「放手」的形式。

君兒敲響了卡爾斯辦公室的大門，當房門敞開以後，卡爾斯看著君兒攙扶紫羽的動作，心裡有著了然。

說不期待這一天是騙人的，他就像一位很有耐心的獵人一樣，先是佯裝無害的親近紫羽這位天真單純的少女，然後一點一滴的讓她漸漸鬆下心防，不再抗拒即將發生的事情。

他沒有多說甚麼，只是起身用行動表明了他的決意和答案。

卡爾斯彎身抱起已經沒辦法自己站立的紫羽，朝君兒看去平靜的一眼，慎重又嚴肅的說：「紫羽就交給我吧。」

「嗯……我好熱……頭好暈……」

紫羽被卡爾斯抱在懷裡，開始因為春毒發作而輕輕顫抖起來。她一張小臉上寫滿難受，細細喘息著。臉上的暈紅像是誘人的玫瑰一樣，讓人想一親芳澤。

「……老大，紫羽就交給你了。」

君兒不知道自己的聲音在顫抖，她怔怔的看著卡爾斯抱著紫羽離開，直到他的背影消失在迴廊的另一端，久久無法回神。

「對不起，紫羽……」隻手掩面，君兒只能強壓下眼眶裡的淚。

「我能夠相信你嗎？老大。」君兒嘆息了聲，心情有些低落，最後還是再度打起精神，眼裡再度寫滿堅毅。

「就相信一次好了。」憑著這段時間看著紫羽和卡爾斯互動的情況，也許，她可以真的相信卡爾斯是紫羽最好的選擇。

沉默了許久之後，君兒轉頭朝另一個方向離開。

現在的她不僅僅背負了戰天穹的期許，還多了紫羽的祝福。就像紫羽更早之前說的那樣，她會一直堅持下去，成為別人心中永遠堅定信念的典範。

戰天穹遠遠跟在君兒後頭，看她依舊堅定不移的沉穩腳步，心中大石終於落下。在這一刻，他明白君兒的內心已經堅定得不會再被其他事物影響動搖了，他也能夠鬆一口氣，安心的等候抵達新界以後離開。

他體內被壓制的噬魂仍舊蠢蠢欲動著，讓他沒辦法在君兒身旁陪著她度過這漫長的兩年。他也

知道自己必須放下，並且信賴君兒一個人也能堅定如斯，驕傲的昂首闊步繼續前行，成長為耀眼嬌豔的堅韌花兒。

只是，噬魂上一次傳達的消息，卻還是讓他忍不住面露凝重。

看樣子，那位靈風並不像表面上看起來的那麼簡單……

另一方面，卡爾斯抱著紫羽踏進了自個房間的大門，臉上神情終於忍無可忍的流露出一絲難掩的興奮。

但他並不急躁，而是緩慢的將紫羽抱到床上，看著那原先膽怯可人的少女臉上染上了情慾的紅暈，原本單純清澈的眼眸只剩下朦朧的無助與迷糊。

「唔，好不舒服……」

君兒當初就是這樣忍住比她還更加難忍的這種感受嗎？

紫羽覺得自己好像發燒了，全身體溫變得熱燙，身體感官也變得更加敏銳。臉龐上傳來了被粗糙指尖撫過的感受，她看向指頭的主人。

卡爾斯正由高而低的俯視著她，眼神是她從未見過的傲慢與渴望，讓她的心輕輕顫抖著，有著對未知的害怕還有某種羞澀的期許。

「先說，我可不會憐香惜玉的哦。」卡爾斯沒頭沒尾的冒出一句，就想看見紫羽畏懼的眼神，或許這樣他的心能夠平衡一些，不要因為這樣而充滿某種讓人煩躁的愧疚。

「嗯……沒關係的。」紫羽迷糊低語，卻揚起一抹天真又搓揉著慵懶的笑，她抬起有些乏力的手臂，觸碰那由上壓制她的男人臉龐。

「因為是你，所以沒關係的……我既然選擇了你，我就會……嗚！好痛！」話還沒說完，紫羽突然感覺身體深處傳來恍若鑿心的痛楚，疼得她冷汗淋漓。

「乖，毒素發作了，一開始會比較難受，但之後會好的。」卡爾斯傾身在她耳邊低語，那呵在她耳頸上的呼吸就像救命的解藥一樣，舒緩了她體內毒素作用的疼。

毒素的作用讓紫羽開始意識模糊，但她卻不害怕，而是全然敞開自己，沒有害怕抗拒，只有那毫無保留的信賴。

至少，這個人是自己選擇的，她是心甘情願的，永遠不會後悔。

「卡爾斯，我……」

朦朧間，紫羽並不知道自己說出了內心最深的情意，然而意識清醒的卡爾斯卻聽得一清二楚。這讓他嘴角彎起一抹勝利卻又寵溺的笑。

「小羽毛，這場賭注，妳輸了。」

只是為什麼，他覺得自己才是輸了的那個人呢？卡爾斯甩開腦海的疑惑，只想沉浸在那甜蜜的溫柔鄉裡頭。

最後，紫羽還是成了卡爾斯的女人。

至於他們最後的結局如何，是否會幸福，就只能看彼此的努力了。

然而紫羽永遠不會忘記，有那麼一位朋友，永遠的支持與祝福她的決定。她的堅持帶給了她勇氣、她的努力給了她鼓勵，讓她為自己的生命做了如此慎重且充滿挑戰的決定。

紫羽滑下淚，嘴邊彎起一抹幸福的笑。

君兒，謝謝妳，妳也要幸福哦……

《星神魔女03》完

敬請期待更精彩的《星神魔女04》

飛小說系列046

星神魔女03
想念＊觸碰不到的愛

出版者■典藏閣
作　者■魔女星火　繪　者■水梨
總編輯■歐綾纖

製作團隊■不思議工作室

郵撥帳號■50017206 采舍國際有限公司（郵撥購買，請另付一成郵資）
台灣出版中心■新北市中和區中山路2段366巷10號10樓
電　話■(02) 2248-7896　傳　真■(02) 2248-7758
物流中心■新北市中和區中山路2段366巷10號3樓
電　話■(02) 8245-8786　傳　真■(02) 8245-8718
ＩＳＢＮ■978-986-271-329-7
出版日期■2013年3月

全球華文國際市場總代理／采舍國際
地　址■新北市中和區中山路2段366巷10號3樓
電　話■(02) 8245-8786　傳　真■(02) 8245-8718

新絲路網路書店
地　址■新北市中和區中山路2段366巷10號10樓
網　址■www.silkbook.com
電　話■(02) 8245-9896
傳　真■(02) 8245-8819

線上總代理：全球華文聯合出版平台
主題討論區：http://www.silkbook.com/bookclub　◎新絲路讀書會
紙本書平台：http://www.silkbook.com　◎新絲路網路書店
瀏覽電子書：http://www.book4u.com.tw　◎華文電子書中心
電子書下載：http://www.book4u.com.tw　◎電子書中心（Acrobat Reader）

☞您在什麼地方購買本書？☜

□便利商店＿＿＿＿＿市／縣＿＿＿＿＿＿＿＿＿便利超商

□博客來　□金石堂　□金石堂網路書店　□新絲路網路書店　□其他網路平台

□書店＿＿＿＿＿＿市／縣＿＿＿＿＿＿＿＿書店

姓名：＿＿＿＿＿地址：＿＿＿＿＿＿＿＿＿＿＿＿＿＿＿＿＿＿＿＿

聯絡電話：＿＿＿＿＿電子郵箱：＿＿＿＿＿＿＿＿＿＿＿＿＿＿＿＿＿

您的性別：□男　□女

您的生日：＿＿＿＿＿年＿＿＿＿＿月＿＿＿＿＿日

（請務必填妥基本資料，以利贈品寄送）

您的職業：□上班族　□學生　□服務業　□軍警公教　□資訊業　□娛樂相關產業

□自由業　□其他＿＿＿＿＿＿

您的學歷：□高中（含高中以下）　□專科、大學　□研究所以上

☞購買前☜

您從何處得知本書：□逛書店　□網路廣告（網站：＿＿＿＿＿＿＿＿）　□親友介紹

（可複選）　□出版書訊　□銷售人員推薦　□其他

本書吸引您的原因：□書名很好　□封面精美　□書腰文字　□封底文字　□欣賞作家

（可複選）　□喜歡畫家　□價格合理　□題材有趣　□廣告印象深刻

□其他＿＿＿＿＿＿＿＿＿＿

☞購買後☜

您滿意的部份：□書名　□封面　□故事內容　□版面編排　□價格

（可複選）　□其他＿＿＿＿＿＿＿＿＿＿

不滿意的部份：□書名　□封面　□故事內容　□版面編排　□價格

（可複選）　□其他＿＿＿＿＿＿＿＿＿＿

您對本書以及典藏閣的建議＿＿＿＿＿＿＿＿＿＿＿＿＿＿＿＿＿＿＿＿＿＿＿

＿＿＿＿＿＿＿＿＿＿＿＿＿＿＿＿＿＿＿＿＿＿＿＿＿＿＿＿＿＿＿＿＿＿＿＿

未來您是否願意收到相關書訊？□是　□否

未來若有校園推廣您是否願意成為推廣大使？□是　□否

感謝您寶貴的意見

From＿＿＿＿＿＿＿＿＿＿＿＿@＿＿＿＿＿＿＿＿＿＿＿＿＿＿＿

◆請務必填寫有效e-mail郵箱，以利通知相關訊息，謝謝◆

-想念*觸碰不到的愛-

星神魔女

03

235 新北市中和區中山路二段366巷10號10樓

華文網出版集團　收

(典藏閣－不思議工作室)

請貼
3.5元
郵票

$3.5

印刷品